巷口迴旋

馮平 著

推薦序　給時間的頌歌
——讀《巷口迴旋》

台北大學中文系助理教授　許嘉瑋

我認為《巷口迴旋》是一本時間之書。距離馮平首部散文集面世相隔已近十年，而對我來說，與馮平相識保守估計也已超過七年。時間悄然推移，自然有喜有悲，有模糊也有清晰之處。就這段時間以來的閱讀印象，馮平無疑是耽美的，從看到事物的方法到遣詞用字行文，都偏向細膩精緻。

初識馮平，是透過友人瑞鴻之友彥如輾轉得知，緣分肇端於文字，便一路延續至今。二〇一五年自費出版詩集也曾煩請他耗費心神寫些文字綴於集前，此次有機會說說先睹為快的想法，勉強或可算是以點滴報湧泉。

有跡可循的無形時間，往往必須透過具體空間作為定位座標，讓記憶的迴旋有明確場景可憑恃。對馮平來說，時間會不會只是無數個有人有貓的場景在日常中來來去去？當紛擾的人間世回歸最視而可查的技藝／記憶層面，又有哪些值得記錄？瑣碎日常與童年行跡俱往矣，馮平卻藉由重塑細節反覆質問生命種種。本質上像是某種自我省思與情感釋放，源於體知，又不乏想像。

瑣碎日常部分包括書寫家屋及身為貓奴的種種，童年行跡則涵蓋對家族、友人的諸多碎片。特別是父親形象！可愛之人必有可恨之處，無保留、無瑕疵的愛，終究只屬於神。對馮平而言，人有離合，貓會傲嬌，世間安得兩全法？他筆下可愛的浣熊也頗為失控，恍若寶可夢裡的火箭隊，是可愛又迷人的反派角色。美不只限於形象，在這本散文裡，馮平所見所聞的種種事物無不美好。美好不代表沒有缺失，正因為有疏漏，美好才存在。正如同書裡所寫，必須有縫隙，光才能透進來。縫隙與光，看似對立，實則彼此襯補。

揭櫫世事的一體兩面，文中屢見不鮮。〈我帶你遊山玩水——寫給你的二十〉一文，馮平便調動不少看似相悖而又並存的詞彙。譬如我們可以看到聖與俗，美與醜，尊貴與卑汙……等。從本質言之，萬物靜觀全與自身相關，好壞善惡，自然也從中體現。對此，馮平如斯寫道：「便是這般自己，受人景慕，同時遭人嫌惡。」一個體的自由或體制的優劣，乃至形而上超越的宗教，齟齬裡有和諧。馮平敬神愛人，對溝通人、神橋梁的宗教確有諸多省思與不安定感。或許他有意識地迴避惡意的批評，不願指出令人絕望的不是神也不是宗教、政治等制度，而在於人。神固然可敬可頌，但人是否可親可愛？恐怕值得質疑。

馮平〈逃跑計畫〉表達得頗為清楚，他說「他人即地獄，宗教的他人會不會比政治的他人更可怕呢？至善又至惡，至真又至偽，至潔又至穢。最崇高的又是最墮落的，最美麗的又是最不忍卒睹的，最感人的又是最可羞恥的，最給人希望的又是最叫人感到絕望的。」神以人子為眾生贖罪，是知善惡、真偽、潔穢存乎一心。希望與絕望的拉扯如何收煞，我想馮平仍在生活裡反覆試探人的能動性及各種未知的部分。

也因未知的生活很難用幾句話說盡，其能動性是透過各種瑣碎日常的重組與拼貼完成，故瑣碎更容易凸顯日子有多麼夯實緊迫。然而散文作為文體，結構本就變化無狀，以時間的無限落實在生命和書寫，如何在擁擠與疏闊間取得平衡，尤其需要工夫。

〈屎記〉一篇無疑能見馮平如何舉重若輕，游刃有餘將充滿異味的便溺之物寫出一番道理。該文著力寫細節與記憶，題目看來氣味雖重，但表達方式卻相對較「鬆」。屎與史，亦諧亦莊，從阿嬤寫到巴塞隆納（雙關趣味的巧合？）人生直如逆旅，絮絮叨叨，若有似無。吾道一以貫之，寫自身「扒糞」，寫貓也寫家人相關的「屎事」，確實以屎為記。甚至，有意無意間建構出一套萬物皆有屎，所見無非道的論述。

〈處女補鍋漫想〉同樣將小事化大，沿著時間款款寫去，卻似女媧補天終不全，天地自此傾斜。從初至美國的「尋鍋蓋歷程」，寫到童年看阿嬤補衣卻無法彌補叛離的情感。這類漫想式的文字，有彈性，有餘裕，相較馮平前三部與「風」相關的作品，可能更類似一種弭平結構痕跡的實驗。時間本無形，而撰文如何舉重若輕，這可能是馮平奠基於過往書寫框架而希望突破的嘗試。當然，我猜想他並不是太過嚴謹認真地意識到這點，因此流露出一種略帶粗糙的質感。

粗糙並非貶抑詞，即使乍看之下有了斧鑿痕，然而正如同日本被稱為「金繼」的工藝技法，以漆混合金粉進行黏合，彰顯時間在器物身上周旋的種種。換句話說，渴望完形固然是人類心理的共同追求，而惟有面對並擁抱破碎的記憶，縫隙方有機會成為新的開始。至少，修補不是掩蓋或消滅，而是並存。讀《巷口迴旋》這部作品，多少也能從這樣的角度切入，感知字裡行間以不完美為美的美學企圖。

當然，我的看法也可能是一種狗尾續貂的修補。藉由創作實踐，文字透露的「補」不只是彌補或修補，更是創造與滋養。在補與不補之間，馮平終究沒能為鍋子找到契合的鍋蓋，反而為讀者保留更多填補各種殘缺關係的空間。

對人來說，殘缺源於時間持續變動，然而時間從未停止變動作為一種人類無法窺見盡頭的「永恆」，又近乎不變了！假設這部散文集的輯一多少還能看出馮平過往作品的些許痕跡，從輯二就開始圖窮匕見！哆啦A夢仍是害怕老鼠且愛吃銅鑼燒的機器貓，卻已非熟知的小叮噹，不變的是本質還是感官可以察覺的一切呢？

作為一篇不算推薦序的短文，這裡建議對馮平尚不那麼熟悉的讀者可以從輯一開始讀起，希望更深刻去挖掘作為創作者的馮平如何面對自身，則不妨從輯二的〈屎記〉先粗略掌握他的思維梗概。願意揭露更多成長記憶，是一種釋懷的狀態，這不啻得益於與時間拉開適切的距離。散文家以家族書寫作為創作「資料庫」其實頗為習見，畢竟《我的肩上是風》也寫過相同題材，但《巷口迴旋》透露的細節更完整。

縫隙本即生命之必然，時間是被反覆擦拭書寫的羊皮紙，部分筆跡模糊了又若隱若現。《巷口迴旋》保留馮平過往書寫的優點與特質，寫的依舊是生活，但節制的筆調稍趨鬆動。正如同輯四名為「逐漸降落」，暗示每個篇章收束不同部分，看似無關卻可視為一篇完整散文的相異段落。最後一篇〈晚禱〉，更將時間拉回當下語境與內在自我再次對話，讀者可自行領會。

最後，我希望有心的讀者能回到目錄，將輯四所有文章的題目串接起來，盡可能低語如呢喃地說，竟恍若也有些許詩意：

白馬飛向秋陽／北緯41.3度／像這只杯子／深秋異境／向哀傷靠近／無盡／無事／無聲／我在／晚禱

時間無盡，無事，無聲，當巷口的少年不再頻頻顧盼流轉時光，未必代表世界只是靜態。要證明「我」在，需要靜心，靜穆，靜待內心的聲音說話。但想來這大抵也不會是馮平的原意，我且姑妄言之，馮平與諸君又何妨姑妄聽之。

自序　少年的巷口

我從未想過，這巷口會是個隱喻。

站在巷口，就站在T字路的連接點。一橫是馬路，一豎是巷子。

從巷口過了馬路，是一整排店家。若不過馬路，右轉出去是鐘錶行，而一左轉就是高掛「神愛世人」四個大紅字的教會。那時候，巷底是中華電信長青苔的砂石子圍牆，所以從巷子出入的人都必須通過這巷口。

我的原鄉，我走過多少次的巷口。（2020年林品馨攝影）

我住在巷子裡。

我走到巷口左轉，可以上幼稚園，上小學，或隨我媽去民宅宮廟求神拜神；從巷口右轉，可以到一號省道，過了省道就到南邊市場，或在省道上搭車，咻一下，過了橋，就到台北。

台北和三重，橋之兩頭。

河很近，於我不親不暱。天很遠，常是灰頭土臉。路很窄，人車擁擠，凌亂不堪。民粗野，龍蛇混雜，素稱流氓之都。特產是角頭、大尾鱸鰻，以及為之賣肝賣命的小弟們。

印象中，這裡沒有草木，沒有繁花盛開的街道。沒有清冽冬日早晨的可頌奶香。但從我家陽台望去，每到彩霞滿天時，可見一棟公寓頂樓，有人揮一支大紅旗，也有群鴿盤旋來去。日復一日。

日子伴隨我，給我知識，給我慾望。有一天，我在巷口右轉，突然對鐘錶行的手錶感了興趣。我立志要有一支手錶。所謂立志，只是慾望的堅定和加強，而為我實現慾望的人不該是父母嗎？

我終於有了手錶，那是父親拿他心愛的舊錶送我的。時間，在我的手上忠誠不二地走。但是一星期後，手錶在我的過度保護下，不慎從高處掉下，摔破了！父親暴怒不已。那時，我的時間軸來到十三歲。

十三歲，青青少年。

十三歲，我已擁抱文學，知道自己是誰。

同一年，某週日，大我三歲的小姨來我家，也許無聊也許好奇，她說去教會看看。可我媽從小給我們種下一顆種子，說去教會的人，都是直的進去，躺著出來，很可怕。但一個十

作者（下排中）十三歲時於武陵農場所攝。

六，一個十三，兩個人一起壯膽，有什麼可怕?!

來到巷口，左轉，一步路，到了。從門口邁進第一腳，心底仍有對陌生和未知的膽怯。終究進來了，也幸運地遇到一個好人。她圓乎乎的臉，笑得如花燦爛。她說話的聲音，如春風拂入心坎。她說神愛世人，甚至將他的獨生子賜給他們，叫一切信他的，不至滅亡，反得永生。

永生，永遠的生命。

永遠，是永久離開了時間。得永生，是不受時間束縛的生命。不再有時間的分秒煎熬，但也沒有生命的熱烈等候；不再有時間給肉身帶來的老病衰敗，但也沒有人生在笑淚成長中走過的流金芳華；不再有時間為人類貪婪所曝露的悲慘世界，但也沒有浩浩歷史長河所寫下的春秋詩歌。

那麼，在永遠裡要做什麼呢？

真正把我留在教會中的，是愛，是歌。一群比我大五、六歲的大哥哥，他們渾身青春氣息，有迷茫有奮鬥，也躁動也安靜。他們愛我，我愛他們。他們領我唱歌。一把吉他和弦彈起，他們唱：

當頭一次，遇見了你，
我的心充滿歡喜……

那個你，是他們口中的耶穌。又唱：

沉醉在你愛裡，滋潤新鮮，
讓你愛來浸透，遠比蜂蜜甘甜。

歌是音樂一種，這些歌裡充斥著純真，以及不可抑制的愛慕。而所唱的不止這些，還有上千首，全是詩的韻律和諧，全是文學的至情至性。彷彿，歌中有一個新世界，一個理想國，一個精神美麗家園。我漸漸被吸引，一步步引入永生。自此，我與人界的時間有了隔離。我是在永遠這一邊。

那時，我若是風，我已從我媽常年焚香敬禮的神龕前逸去。我站在新安裝的鏤鐵窗前，

湖木公園夕照剪影。（林煜幃攝影）

仰頭尋找天上的星星。那時，我若是雲，我已裝上行囊和想像的翅膀，跨河跨海去逐愛，去創造生活。正如這裡是林青霞的出生地，而她是一片雲，我也是。

不想，我真走了。

我媽陪我去買行李箱，送我到台北讀高中，住教會所供的宿舍。這一住，十年。我從詩歌漸漸走進《聖經》——那也是一本浩瀚無涯的文學書啊！三千五百年前，摩西單憑一卷《創世記》，足以拿下今天的諾貝爾桂冠。又誰想到，日後，我竟以一支文學之筆，受聘於美國教會。

告別我媽，我再次拖著行李，走到巷口，等車載我去機場。那時，我若是一隻魚，我真的真的，就要從這巷口游出去，奔向大海了。看著「神愛世人」四個紅字，心想：若我家不在教會隔壁，或我小姨對西方的神不感興趣，那麼，我的人生是不是也就隨之改變？我是不是也就沒有這一日、這一年，在這巷口揮別了原鄉，揮別了疼愛我的阿嬤，揮別了已入土的父親？

飛機著落了。

美國和台灣，太平洋之兩邊。

生活的城市離水近，就在大湖畔，可賞可玩。天很高，光線明透，常是眉清目秀。路很寬，國土袤廣，人與人的距離可供暢快呼吸。民和善，相互尊重，據說有六名總統出於本州，素有美國脊梁骨之稱。

春，料峭滋潤，滿街滿樹繁花怒放。夏，草木蔥蘢，落日餘暉水月盪漾。秋，染紅抹金，落葉翩翩瀟灑，風與光交纏奏鳴遠行。冬，冷得嚴酷，雪魅無限，天地一片淨白。松鼠、藍鳥、臭鼬、浣熊、小野兔、花栗鼠、老鷹，日常可見。也有紅狐狸出沒，有火雞逛街，有鴻雁來去，有鹿在社區散步。

美國人問我從哪來？我說台灣。中國人問我老家在哪？我說台北。台灣人問我住哪？我說三重。台語叫三重埔。我同父母住三重埔十六年，一個人住異國二十年。十年一覺，二十年呢？

二十年，我宛如看見那個隱喻。

鐘錶行給人時間，而教會給人永遠。從我走過鐘錶行，又踏進教會那一刻起，就彷彿有人在巷口中為我按下一個鈕，翻動生命另一頁。我以為人不甘於停在時間，也有人從時間手上取出一把鑰匙，開啟了永恆之門。於是我站在這隱喻中間，伸開兩手，像一支竹蜻蜓，被抛入風中，飛旋再飛旋。

我注定離不開《聖經》給我的影響了。但日復一日，我也離不開我自己。我寫下一首首詩歌，如為使徒約翰寫〈我尋我神〉，為使徒彼得寫〈是我是我〉，為耶穌受難寫〈看哪，主被掛木上〉……當這些詩歌響起的時候，我有時感動，心面向主，有時也想起我的逃跑計畫。是，二十年，有無數次，我想逃跑。

面對我的神，我常有無言的時刻。

正如我的神，也總是選擇沉默。

啊，多少迷茫的夜多少淪陷，也就多少次想：真理是藏在矛盾中嗎？那些心中火熱，被一套成形教理所同化的信徒，到底是什麼人？我是否仍以為愛神、事神，就可以用時間的有限來換取永遠的無限？我是否仍相信永遠是可以與人這樣的近？我是否仍覺得長成新耶路撒冷，是一句石破天驚、直達永遠的啟示？

可不可以不要永遠?!

管他將來如何，可不可以只有今生今世？

數次返台，回到三重，看見教會率先重建成大樓，而鐘錶行也於去年改成飲料店。阿嬤更早前就走了，家中神龕仍在，我媽依舊按時焚香禮拜。她在她的神明的庇佑下，長出了花白頭髮和斑點皺紋。向晚時，我站在鐵窗前，已看不見那支訓練飛鴿的大紅旗，不知那養鴿人家還在嗎？

隔天，我牽著我媽出門去台北吃飯。

走到巷口，右轉，我也不是青青少年了。

但，我總是從三重埔巷子裡走出來的孩子。永遠都是。

目次

輯三　旋轉的影像

輯四　逐漸降落

輯一 人屋貓屋

芳院小屋

擁有一棟屋子的同時，也擁有了一塊院子。前院小，後院大。有了院子，最重要的一件事，就是割草。穀雨之後，一日春陽，一陣和風，草就瘋長了。什麼草都有，那就意謂著這個院子並不上藥劑，也就意謂著這個院子不好看，成色不純，長相不佳。

見過麻省理工學院的一塊草坪，驚美了，油油密密，清清爽爽。那塊長方形草坪簡直像一大片綠絨絨的地毯，必須赤腳走在上面，才能確定是草，有生機的草，長在泥土裡的草。草，清一色，綠的純色。

純，做到極致便是美嗎？

是的，不能說不是。但真的是嗎？也不是沒有困惑。都說大化宇宙，自然最美。若這樣，蒲公英就該頑強地在這院子裡生根發展，到處散漫，不是嗎？此間看蒲公英就像看毒草一樣，是雜草之王，恨之而欲除之。但也有人將它視為青菜，洗淨晾乾剁碎，擠出水分，拌入肉餡，就包起餃子。蒲公英水餃據說極有營養，誰說它是毒草？

蒲公英既能落腳，別的不知名的小草也可以。有的還開著小黃花，小紫花，東一簇，西一簇。有土就有花。該不該請人來噴藥？廣告單正好有折價服務，專人到府用化學劑噴一噴，灑一灑，不久即可得一片茵茵綠草地，又新又美。電話就要撥了，一個念頭來，又止住了。

母親說，佛法自然。自然必是多元的，萬物皆有生機，牠們有權利在這院子裡生長，不是嗎？縱然少有人能改變世界，起身推翻專制威權，尊重多元生命形態，但起碼在這塊院子裡，可以。

即或可以，割草還是免不了的。雨，滋潤了泥土；風，喚醒了所有沉睡的種子。草，什麼草都有，一根根抽高了，舒展了，笑得歡快了。住在斜對門的消防隊員，詹姆斯，他總是第一個發動割草機的。第一戶開始割草，其他戶也上了發條，不敢怠慢了。

閒置一個冬天的割草機，又派上用場了。抽動引擎，抓住自動推進桿，割草機就轟隆隆輕盈向前走去。二十分鐘後，割草機斬除了草地的參差不齊，保留了一切生機，也繼續容納著新生命舊生命。放眼看去，勞作是有成果的，這是一戶有人打理的屋子。

屋子在街上，街在道上；街道連著街道，密結成網，城市就產生了。幾百年前，這裡原本是沒有街的，後來有人用磚石鋪了街，又用水泥瀝青砂石鋪了道，成了路。城邦文明興起，人類走進一座座城市的興起與衰落。聖者說，學而不進則退，又言知止——如何又進步，又知止？

飛鳥有窩，狐狸有洞，人也要有住房。這棟屋子立在土地上，始於一九二五年，歷經幾任屋主，依然堅固。上任屋主是印第安人，太太是白人，他們在前院已有的三株灌木叢外，又費心種了一些花，一棵小樹，也在後院周邊栽下一些花木。

水仙花總是最早綻開的，每年水仙花一開，城市就一片煙雨朦朧。水仙花盛極了之後，鬱金香便也開了。立夏了，就等著迎接銅鈴花、蔥花、鳶尾花、玫瑰花、木槿花，還有八、九種不知名的花。此時最需要一本蒔花圖鑑。花來了，花粉也來，蜜蜂也來——蜂啊蝶啊，歡迎你們來！但不少朋友都有花粉症，也有的被蜂蜇了，腿腫，眼睛腫。

跟花木一起成長的，有一種野草，非常邪惡。它的葉緣乃至全身，一出土就帶刺，誰碰它誰就被刺，疼得哇哇叫。鄰居丹尼說，那是一種 weed。Weed 是野草，換句話說，他也說不上名。整個院子最令人頭痛的，就是面對這種草。怎麼會有如此猙獰，張牙舞爪的草呢？

這塊院子豈能容許這樣的草？不！非得一一剷除不行。

戴上手套，拿起剷子，從根挖起。但其根深又細，知道除不盡了，便也漸漸容忍，漸漸眼不見為淨。但一有力氣，還是全心想剷除。又一個鄰居尼爾，是個大老粗，他懶散時會放任這種野草生長，讓它愈長愈高，也愈見其枝莖粗壯。大約長到半個人高時，它的頂上就開花了，渾身尖刺也鈍化了。原來如此！一路猙獰，凶惡無比，都是為了護衛一朵花開，一次生命繁華的孕化。感謝玫瑰有刺，生命是為生命而來。

上任屋主沒有告知的，是這屋子有浣熊出沒。浣熊不可怕，可怕的是牠們會在閣樓或屋簷安家落戶，破壞房子。還有，牠們是夜行性動物，喜歡午夜狂歡，吵得人不安寧。牠們攜家帶眷在這屋子上頭出入，已經把屋簷撬開了四個口子，時不時露頭露尾，自由攀爬，完全不用通行證。這無疑是個夢魘。只好派請專業人員來設籠捕捉。一隻，兩隻，三隻，四隻，每一隻都憨肥，說可愛真可愛，說野真野。牠們渴望與人類共享自然和諧，但是人類不肯、不願、也不要。人類的自然裡沒有浣熊，卻可以有貓。

狼狗暮色時，分不出貓和浣熊。第一隻貓出現在後院時，是一個五月的傍晚。牠靜靜坐立在車庫前的水泥地上，用含蓄而端莊的眼神，看向屋內。那就請牠吃一餐吧，罐頭加上乾糧。見牠吃得滋滋津津的，心想該不會就此把我家當餐館了吧？果不然，真是這樣。牠按三餐來，依然安靜等待，偶爾咂一下嘴，意思是：開飯吧。好吧！那就開吧。

過了兩天，另一隻貓躥過來，也咂個嘴，說：想吃飯。好吧，一起請了。結果呢，在浪貓們的眼中，這屋子真的成了定食餐館。請了一隻吃飯，結果來了兩隻；請了兩隻，結果來了三隻；請了三隻，結果來了四隻。四隻不同種，不同花紋，不同個性。

之所以有貓來，是不是也因為這院子沒有噴灑藥劑，也就沒有奇異刺激的味道？或者，牠們以本能知道，住這屋子裡的是個心軟的傢伙，可以很輕易地用「媚術」來征服？想是千年來，人類征服了（或是貪婪奪取？）世界，就有貓來征服人類，使之心悅臣服獻上貢品，又牽腸掛肚思念安危。

最好笑的是，朋友來，見後院有貓，殷殷勸戒不要餵食，怕把跳蚤帶進屋來；而母親聽說後院有貓，則說請布施眾生，牠們可能是前幾世的親友啊。諸如母親的萬靈之說，已非第一次。她最常說的是蒼蠅。她禮神敬佛，為亡者念往生咒，每每見有蒼蠅來，就認定是神兵神將，或者亡者之靈。

靈，隨著夏日浮影，說來就來。怎麼也想不到，如此淨美，草木蔥蘢之地，一到夏天，就有上百隻蒼蠅鑽進屋裡。那麼多的靈附在窗戶上，一時間，使房子彷彿成了鬼屋似的。光天化日下，與靈相見，不，與蒼蠅相見，實在不是愉快的事。那麼動手吧。既是靈，毀了肉身，便還是靈。啪！啪！啪！隨手拾起一疊廣告信件，滅蠅行動要快狠準，不留一個活口。

今日滅，明天又來，真不知如何勸牠們回歸自然。既如此，殺心又起。有一陣子，日日成了屠夫，像納粹滅猶太人，未曾有過仁慈。天可憐見！住這屋子裡的怎麼會是個心軟的傢伙呢？蠅屍斑斑，血肉模糊。牠們本該有無限的空間可以遨遊，可以快活，卻喪命於此。嗚呼哀哉。

不只蒼蠅，還有螞蟻。前院似有蟻窩，牠們一向安分，只是每年總有幾天，都要進屋裡來，像現代人在假日逛好市多一樣。牠們來把屋裡的寵貓所吃落下的碎渣兒搬走。蟻軍成群結隊，有秩有序，個個勤力工作，看起來都是辛苦過日子的勞動人民，是最最普通的老百姓。

做工得工價，牠們圖的是一口飯。但這口飯，人類不一定賞。請牠們走，又聽不懂人話；用掃帚趕，還是很快整頓成隊。最後只能下藥。灑出白粉，設下界線，這才知道有人類的地方才有國界。人與蟻不相交。但奇怪的，芸芸蒼生的命怎麼又被比作螻蟻？

錢鍾書說，矛盾是智慧的產物。

而有時候，矛盾就只是矛盾。誰來決定誰的命運？誰來作一切的主宰？

秋來了，日光減少，四周景色嫣紅姹紫。一場驚夢，落葉了，秋風秋雨堆積。掃了落葉，看天光流金哀愁，就等著刮北風，從寒極帶來冬雪。雪，浩浩白白一片，整個世界都安靜了。

待來年春，剪數支水仙，數支蕙花，插瓶供養。雨沛然，草長了，便又是割草的時候。

誰來這院子裡飲茶，賞花，作客？

誰來聞一聞大地芳草的味道？

響與不響

叩，叩。

這是舊房子也是新房子。舊，是說快百年了；新，是說我才住兩年多。人住新環境，我有像貓一樣的銳敏（或找一向如此？），尤其是對聲音。街道的聲音，落雨敲打的聲音，鄰居走動的聲音，鳥鳴貓叫的聲音，重機咆哮的聲音，一個街廓外小酒館喧譁的聲音，遠處夜半火車行駛的聲音，偶爾飛機破空的聲音，屋內冷暖氣運轉的聲音，冰箱

樺木街夕照。（周光攝影）

製冰塊掉落的聲音。什麼東西塌了？莫非是那個傾斜的書架？

有人步上台階，打開木欄門栓，踏入前廊的時候，我多半是能聽見的。誰來了呢？推銷員來遞廣告單，瓦斯公司來更換管線和用錶，郵差一週來六天，也有耶和華見證人來傳道。鄰居尼爾來借五塊錢，我給了，至今沒還我。馬修來借過鋸子，但我沒有。

叩，叩。

老房子還算堅固，但難免會出問題。電線錯位了、浴缸水龍頭漏水了、廚房水管年久汙積了、窗玻璃裂紋了、車庫自動門壞了，都打電話給黃師傅。黃師傅帶了一位年紀不算小的徒弟來，一一給修好了。我還請他幫我抓浣熊。他說他不會，卻還是上了屋頂，又爬進閣樓，看一看，敲一敲，最後只做了兩張小刺片，固定在浣熊攀爬處，就撒手不管了。

浣熊半夜不睡覺，就是鬧。不僅三五成群地鬧，還扒開我的屋簷，躲在裡面拉撒睡，說不定也繁衍後代了。從不知浣熊會這樣胡鬧，孰不可忍了，只好請專家來。專家像道士收妖一樣，一隻一隻，把牠們從看不見的地方引誘出來，然後收入籠中，押送五十哩外野放。

叩，叩。

又來了，這是什麼聲音？晚上，我坐在床上看書，聽見屋頂有聲音。兩三分鐘後，又是叩，叩。

浣熊嗎？浣熊不會這樣理性有節制。那麼是誰？我看窗外，馬修家後院有夜照燈，微微照在我房子上。我看不見什麼。

叩，叩。

是啄木鳥？鳥不都睡了嗎？是貓頭鷹？貓頭鷹會做這樣的聲響嗎？那麼，松鼠呢？不，不是。答案全被我排除了。會不會是——我竟起一身疙瘩。

這棟房子方形斜頂，有點像明清四合院的房子，但是拉高為兩層，東西南北皆有窗戶。地下室一層。前院有小樹，後院有車庫。白天了，我出外探查，前前後後都不覺得有異。既沒有破洞，也沒有鳥巢。平日在家，或者午睡，一概沒有叩叩的音響。卻到夜晚，十點上床，至半夜一兩點之間，就有了音響。持續一年多了吧。

會不會是——我又起一身疙瘩。

我怕嗎？不怕，又怕。

前屋主是印第安人，再前一位據說是一名年長女士，又隱約聽說這房子以前失過火。火，有無傷及任何性命？又，那位年長女士去了何處？我倒無從去知曉。

叩，叩。

像樂曲上的半拍，敲兩下，隨之而止。有時小聲，有時大聲。頻率次數不一。煩嗎？煩的。困擾嗎？也有的。有一日，都十二點了，還沒有聽見聲響，正慶幸時，又來了。我氣得打開窗戶，幾乎想跳到屋頂上去，但是怎麼看，還是沒有看到什麼。沒有。說沒有就是沒有。

倒不如出來，好好說一說話。

我願意傾聽。真的，如果有話說，就說出來，不必做「神出鬼沒」的樣子。有神嗎？有鬼嗎？我既信有神，也就有鬼。我沒有見過鬼，我對鬼的視覺印象，多是從影視作品中得來的。有的確實不討人喜。

會不會就是鬼靈?!確定了，我倒安靜下來。

但見不到面，我還是只能猜想。是父親嗎？父親千里迢迢，跨海而來，為什麼不露面呢？我熄了燈，等待。沒有出現。再等待，還是沒有。父親是來催逼我去結婚嗎？但是多少年過去了，他是靈，必然已經知道一切。莫非他不能理解？或他不想理解？他的心中一直存著那牢不可破的固定答案嗎？

我不想向他說破什麼，也不想和他辯論什麼，若是可以，我想告訴他，我虧欠他。當我終於退伍了，有了工作，開始有些微薄收入時，我忘了，真的忘了，我可以奉養他，至少我能補助他。我只想起可憐的母親，只供給她，即或這樣，我能給的也不多。

我能記得的，是從來，我只從父親取，只從父親得。他一個殘疾人，養四個孩子，幹活幹到五十幾歲，能給的已經夠多了。兒女個個成人了，他今後，不是應該歇了勞苦嗎？何況他還有病在身。

忘不了有一回，不，好幾回，他夜半酩酊爛醉回來——這樣的他怎能有力氣拖著殘肢爬上樓來呢？萬一不慎摔下去怎麼辦？總之，他是上來了。咚！咚！用力敲門。母親開門，攙扶他進來。一進門，他就跌坐在我們小孩的房門口，半哭半怨半罵，「寵豬舉灶，寵子不孝，以後吃老了，免想要靠『這個』來養！」這個，就是我。

彼時，我正和他嘔氣。我想要一個書桌，請他買給我，我功課好，值得有一個書桌，但他沒錢買。我執拗，非得買，故此開啟冷戰。明的是冷戰，暗的更可怕。我恨他了，想攻擊他。家住三樓，我手拿一顆D型圓柱電池，一日見他在樓下，就動手向他投擲去。沒中。有意沒中嗎？是，也不是。然而一旦中了，就是謀殺了。彼時，我只是小學生。

是啊，他的話成真成讖了。他還沒有吃到老，我也從來沒有養過他，一百塊，一千塊，都沒有。我能搥我的心肝嗎?!

你出來吧，爸！

四圍闃靜，隱隱有風聲，樹葉沙沙。

我累了，把自己放倒，想睡又未入睡。腦子裡想：是阿嬤嗎？小時候，母親偶爾會把我託付給阿嬤。阿嬤跟大伯母一家住，晚上我跟阿嬤一起睡通鋪。阿嬤衣服上有米水漿洗過的味道，混和著她身上暖暖的體香，是我最感安定的力量。

她疼我，我知道，大家也知道。那麼自私，又那麼可愛。是她念我，看到我一人孤單在外，才來陪我的嗎？還是我念她，她感應到了，所以不辭辛勞，才來守護我，提醒我照顧身體，別太晚睡嗎？

記得晚年的她垂垂老矣，已經使不上腦了。她整日臥床，見我來訪，問我是誰？我報上名字，她記起來了，笑著說：「你回來了？」然後問了兩句話。隨後又問我是誰，我再報上名字，她說：「你回來了？」再問同樣兩句話——那是她縈縈心頭最關切的啊。如此反覆，一問一答，又問又答。五次，八次，或者十次。

阿嬤，妳出來啊，我願意回答妳一百次。

脫開肉身之後，父親的腳是否不殘了？阿嬤的記憶是否不斷續了？他們在那裡都好嗎？……（不響。）嚐到一口鹹味，原來是淚水。睡吧。夢裡會見到的。

但也沒有。夢裡不見，我也未曾惆悵，他們就長久住我心中，一直與我同在。這一想，我便又確定不是他們來做弄音響。都是至親緣故，也就不會這樣費周章來做事。

那麼，是怨靈嗎？

是雪莉嗎？雪莉是我家所養的第一隻狗，亦是我堅持讓父母給養的。我喚她雪莉，因她是一隻雪白毛絨絨的狐狸犬。彼時我還小，雪莉也還小，只有兩三個月大。雪莉來不到一週就死了。那一日，我帶她去散步，到了樓下門口，我一時興起，解開她的繩索，想讓她去奔跑，去撒歡，去像阿爾卑斯山的靈犬那樣快活。

雪莉果然跑起來了，放開四蹄，向巷口衝去。她不識馬路，才到巷口，就被一輛汽車給撞了。駕駛不知撞了什麼，又往後退，再將雪莉輾了一次。這一幕活生生發生在我眼前。

我第一次痛失「摯愛」，也第一次看見「摯愛」在我眼前斷魂。彼時我一定是哭了，但又不記得是怎樣的哭，只記得太突然，怎麼就沒有了，沒有了。這是一種心裡冰涼的感覺嗎？

雪莉，嚴格說，是喪命在我的「好心」裡，也算是死在我天真浪漫的想像中。她走了，長輩說死貓掛樹頭，死狗放水流。父親陪我到附近大水溝，就這樣，我把雪莉放水流了。多少年後，我憶起那大水溝是臭的，汙糟的。我對不起雪莉。她會原諒我嗎？

雪莉死後，我們卻相信她成了另一隻狗，自己來到我們家，也認定了我們家。這次，我喚她親親。但這是另一個故事了。親親陪我們二十年，我們亦愛她二十年，臨終前只有我在家，我親眼見她嚥下最後一口氣。沒有痛哭，只有默默祝福，默默感謝。

如此說來，也不可能是雪莉。那麼怨靈從何來？是蟑螂？是螞蟻？或者蒼蠅？是的，我有所愛，亦有所惡。我仗著體型強大的優勢，視蟑螂、螞蟻、蒼蠅、蜈蚣、蜘蛛為不潔之物，一起心就是殺。

世道崩毀，篩人像篩米糠，我仰臉問天何以不仁，視萬物為芻狗，自己卻無懸念的，一見不潔之物，就殺無赦。（殺死一隻螞蟻有多容易，難道還有「人」不知道嗎？）牠們也問天嗎？我是牠們的天！牠們的怨嘆未有一字一句入我耳中，達我心內。我是執意要殺的，絕無恩待。牠們死得淒慘，死得冤屈，可說是被踐踏而死的。

那麼，是牠們嗎？

再想想，我生平未用刀用槍殺人，但不敢說就沒有人「死」於我的「語言」之下？似乎很早知道，語言可以是拳頭，可以是刀槍。一句話可以隨時叫人遍體鱗傷。後來又知道，那些被寫在經典裡的神聖天喻，在不同場合，不同人口裡，不同人手裡，同樣可以變成犀利武器，殺人工具。殺一百人，殺一千人，殺一萬人，一直殺下去。

語言非常美麗，語言也非常暴力。語言可以直接殺人，可以間接殺人，可以間接又間接地殺人。我不也在語言下「死」過多次嗎？那又有多少人直接或間接地，被我的語言所殺傷，甚至帶進滅亡之路呢？

不能想，也不敢想。

真有這樣一個因我的語言而死的人嗎？我不知道。

叩，叩。

有時，我仍難免心裡一驚。有時，我又和這個聲音，無言的有聲之音，好像成了老朋友一樣。（但我依然希望，若一切猜想全錯，只是某種動物的話，請勿破壞我的老房子才好。）他們或來或去，於我都不必支會了，反正一開始也就沒有支會。

叩，叩。

月掛枝頭，夜又深了，台北卻是日午。一瞬間，我想起母親每天晨昏跪在廳堂上，唸經敲木魚的聲音。

我是不是很久沒有回家了？

貓亮相

1. 喚

自從和他們有「關係」以後，我就成了一個受牽制的人。關係這詞可深可淺，可黑可白，可曖昧可死去活來。關係這東西也像一條繩子，可把人事物連結起來；又像一塊骨頭，可棄之於野，讓禽獸給叼去啃了，吃了。

剪不斷，理還亂，最難解的關係恐怕都跟感情有關。誰先動情，誰就先套了繩索在自己頭上，是不是？所以一開始，我就設定好，沒有關係。吃一餐飯，能有什麼關係？沒有關係。

結果並不是這樣。

傍晚小龍沒來，我又有事急著出門，不能再等他了。他去哪裡了？每次這樣一想，我的腦中都浮現一個念頭——車禍，路殺！然後他曬屍於街頭的畫面就彷彿顯在眼前。

我真的不能等他了。往往這時候，也就是飯點的時候，他都是第一個來報到的，今天到底怎麼了還沒來？其實不是只有他，先前閃電俠也缺席過，大胖子、皮皮也是這樣。他們在「曠課表」上都有記錄。

我喚小龍，他還是沒有來。

此刻我看他倒像一名不肖遊子，沒有手機，沒有地址，沒有留下隻言片語，說不見就不見——多麼不公平的關係！我有些不高興了。

不高興，卻也是連著牽掛的。我鎖上門，開車行在路上，心還是被牽制在家裡後院的陽台上。小龍會不會在我出門後就來了呢？我已託皮皮告訴他，廚房為他留了一份晚

餐，等我晚上回來再給他。

皮皮不知轉告了沒有？很晚我回來的時候，車駛進自家車道，看見後院感應式夜燈是亮的，陽台上有熟悉的身影，一、二、三……四隻都在，當然也包括小龍。他們是來吃宵夜的。

小龍，青虎斑貓，他和他的同伙來作我的食客，已有一年半了。我覺得，我被他們所倚靠，漸漸繫上了一條繩子。一條日夜相見的繩子，一份心心念念的關係。

2. 人也好奇

又見小龍，我懸宕的心一時落下。

但是我仍有一個問題：一向準時甚至提前來等飯的小龍，當晚為何沒來？他去了哪裡？做了些什麼？

想起一則新聞，在澳洲有隻家貓，出門，就好幾十天才回來，這家人一時起了興趣，給貓的頸項裝一台微型攝影機（或含GPS全球定位系統），監視貓的戶外行蹤。這一追蹤才發現，貓可以離家幾英哩，活動範圍堪比人的一場小旅行。

小龍不是家貓，警戒心特別強，從不讓我的手有絲毫接近的可能（有一次他進入我的sun room，即陽光房，我趁其不備把門關上，他發現原路封閉了，驚慌到整個身體像子彈一樣，到處向窗戶彈射），更遑論要在他身上放什麼東西。即或如此，我還是會想：當天他決定不來吃飯是出於什麼原由？

是嫌棄我一成不變的菜色？是打野食吃飽了？是發現別人家有更好吃、更新鮮的特餐？還是他覺得小日子過膩了，想來一趟說走就走的旅行，甚至也動了去大世界闖蕩的念想？

他無拘無束，任性瀟灑，誰能掌控他的命運？他又願意受誰的牽制？他心中可有什麼牽掛，有什麼負擔，有什麼託付？沒有！一切都沒有。他活得戰戰兢兢，又痛痛快快，是不是？

他常從我後院的角落來，又從我後院的角落去，連著我後院的那戶人家跟他有關係嗎？有時我想見他，就站在後院陽台上發出嗶嘶嗶嘶的音聲。他聽聞了（他真認得我的音聲？），每每跳躍木槿樹下的圍欄，飛踏過草地，跑到我面前來。那一刻，我是快樂的。

但，我也是難過的，覺得他不像自尊自大的貓，倒像呼來喚去的狗。

小龍回來了，他終究沒有去旅行，很快又蹲點在我陽光房的落地窗外。他是為什麼又回來了呢？

這一切他都不說。他的不說好像在說，反正現在是把你家當作我浪泊時的港灣了。但我知道，他還有一個意思是——

收拾你的好奇心，好好伺候著便是。

3. 土匪主子

伺候貓兒成了我的日常，晨起第一件事就是到陽光房（sun room）看四位小主是不是到齊了？就算一時沒有到齊，我也得開始給他們備飯。一盒罐頭分五份（別忘了我屋裡還有一位正主，阿妹），再平均舀上一匙乾糧。

屋頂上的貓。

分罐頭的時候，我是有愛好和揀選的，正主那一份絕不能苛扣，大胖子體型大又會撒嬌，所以總得最大一份。這樣，從誰身上減少呢？從閃電俠的那份減。我不愛閃電俠了，覺得他的品格差。

初見閃電俠，是從二樓房間窗戶見到的，他就在我家車庫和別院的屋瓦上躚躍。其流水般的身形與飛蹤如豹如電的身手，使我腦中立即有了一個名字，閃電俠。錯就錯在他有了名字，此後他再壞，也走進我的情感裡。

閃電俠有時來吃飯，有時不來，不來時最長記錄有三天。此刻，隆冬就要降臨，他能去哪裡？便在我幾乎判定他「離去」（或離世？）的時候，他回來了。這一次回來，他就大致黏著我這屋子了。

我很歡迎他的回來，縱然四位貓主子吃飯都是又狠又快，可是我發現閃電俠的吃相最差，可以說是極其缺乏教養。開飯前，其他貓主子多是翹直了尾巴，歡快地轉圈子，只有他站在落地窗外呼叱我，「餓死

被稱呼為土匪的貓，實名閃電俠。

了！快把飯拿出來，快點！」

等飯膳端出來，食皿尚未著地，他就急匆匆叼走眼中一塊肉，拔腿迅速跑開，獨個吃食。等他嘴上那塊肉吃完了，才跑回來吃他食皿裡的乾糧。待他食皿裡的吃完了，就看別人碗裡的也是自己的，絲毫不客氣地霸起來吃。有時他也只吃肉，吃完自己那一份肉，便去搶別人的肉。

閃電俠灰細絨毛，黃金眼，紅鼻子，白嘴鬍，白頸腹，白四蹄像穿白短襪，安靜坐臥時頗有法國貴族樣，不知何以吃飯模樣簡直像個土匪。此後他有了一個外號，土匪。

哎呀！我竟然認了一個土匪為主子了。

4. 開飯了

再也沒有比吃飯時候，更能看出這些貓主子的個性。好比說，閃電俠因著土匪行徑，尤其在霸搶別人食物時，挨過我幾次「大不敬」的拳腳，賊性卻還是不改。又好比說大胖子。

大胖子應該是挪威森林貓，黑金長毛，富泰穩重。他之所以叫大胖子就是因為胖，浪貓能有這麼胖的，到底怎麼辦到？但是胖歸胖，身手倒不差，該跨欄時一樣跨欄，該上房時一樣上房，沒有一點拖沓，看起來就像是喵星人中的洪金寶。當然還有一點，他的個性有些憨呆。

大胖子平常還有些警戒心，一遇上吃飯，就完全失去了底線。相較於閃電俠的急搶，大胖子是看誰送來飯食，就熱乎乎去蹭誰的腳（我出去渡假時，請朋友J來照顧他們，大胖子也很快去蹭她的腳），轉來轉去，差點把你的腿當鋼管爬上去。

憨直呆萌的大胖子，回頭望窗內的我。

不僅這樣，他讓你摸。吃飯皇帝大，大胖子埋頭吃食時，都顧不上什麼了，那樣子實在像《櫻桃小丸子》裡的小杉同學。他把一切全放開了，而且任憑你摸，徹頭徹尾地摸。每次摸了他，我都有些感慨，這也太卑賤了吧，人家是為五斗米折腰，他倒是為五斗米忘了身體，隨人摸了一個遍。

至於小龍，就更有可說了。陽光房有大片落地窗，窗外加了一門紗窗。小龍每次見我端飯出來，就會興奮地跳上紗窗，高高地掛在那裡，像是一名攀岩選手。這是他除了翹直尾巴外，另一種表現興奮和快樂的方式。他的這種快樂像是一名未經世故的青少年，天真率性，活力勁揚。但是，更叫我願意說的，是他的友愛心。

小龍見我來備飯的時候，第一個動作是看伙伴們來了沒有，也就是盼著伙伴們快來。他招呼前，招呼後，意思很清楚，「來啊！準備吃飯了。」有一次，我明明備好了飯，卻不想開飯，因為無論我和小龍如何張望，皮皮就是還沒到。皮皮和小龍共用一款兩格式的食皿，彼時我若給小龍開飯，他吃完自己格子內的，恐怕禁不起誘惑也把皮皮的給吃了。

我就對小龍說：「你去叫皮皮來，皮皮不來不開飯。」

小龍才聽完我的話，轉身就往後院跑去，向著一角落急促喵喵喊叫。一會兒，皮皮就跟著小龍從那角落出現了。小龍在前頭跑，皮皮跟著（皮皮是一隻很優雅的貓啊），小龍大概嫌皮皮太慢，每跑兩步就回頭催促皮皮，「快點啦！走快一點，等你開飯呢！」

小龍終於把皮皮帶來時，他蹲坐在我面前，抬頭看我，眼睛裡透出喜悅，像是在說：「你看，皮皮來了。」

眼前所見一幕著實令我吃驚，我只能笑著對小龍說：「小龍，你真的聽得懂我的話呀，中文很難的啊！」然後快快把小主們的膳食恭敬奉上。

5. 誰負誰勝出

四隻貓主子不同個性，不同品種，彼此關係也不同。小龍最熱情天真，最願意與大伙好，但是他不知何故總是招閃電俠的不快。換言之，閃電俠看誰都好，就是看小龍不順眼，一見他，二話不說常常先來一拳，下手都不輕。兩人過去曾有過節？或者純粹是氣場不合，毫不投緣？

小龍看得出不夠老練，世事經歷不多，面對閃電俠的蠻橫出拳，反應明顯青澀，像一名小弟挨不住大哥教訓，只能嚎叫警示，其實就是在求饒。白天如此，夜晚也如此，那哀饒聲常把我從被窩裡驚醒，立馬出來解救。從裡到外，閃電俠的氣勢和地位都完全壓制小龍，小龍從心理是怕了閃電俠的，身態也是躲避著不敢招惹的。

風水迴轉，一日河東，一日河西。閃電俠有一日出現時，竟然崴了後腳，一踮一踮地行走。他看起來還能走，也能跳，只是行動不順當。這一切立刻看在小龍的眼裡，他知道自己翻身脫離壓制的機會來了。

面對閃電俠，小龍的眼神變了，氣一揚，第一隻拳頭揮出，緊接著第二拳送出，第三拳再送出。閃電俠這時毫無抵制能力，他變得弱了，只能認栽，黯淡看著自己被逆轉勝。

此時我是為小龍高興的，同時也為閃電俠擔心，他受了傷可怎麼辦？我該不該帶他去看醫生，又怎麼捉他去看醫生？我掙扎思考了幾天，反反覆覆，心想他們不屬於我，本來就生死有命，只能放手。說放手，卻又朝夕掛念他的艱難處境，不知如何幫助他獲得健康安全？

所幸一切思慮都在一週後消除了，閃電俠的後腳自然恢復正常，行動已與往日無異。只是他再見小龍的時候，氣勢不如以往了，他記得小龍給他的拳頭也是不好受的。小龍這邊變得更自在，他不再低身示弱，也不再挨打求饒。他們彼此保持著相安無事的距離。

經此一事，我相信小龍長大了些，至少他認識生存的艱難，知道喵星人也有自己的滔滔江湖。那麼笑吧，唱吧，浮沉隨浪，只記今朝；哭吧，唱吧，誰負誰勝出，天知曉。

6. 傷病記錄

貓主子最難伺侯的地方，就是他們有了災病，我多半難以插手，只能祈禱。近兩年來，四隻主子都有傷病記錄。

好比說，上次閃電俠的腳跩了，我幾乎有接受他會死亡的心理準備。那時他已經打不過別人，弱點完全外顯，連逃跑的機會都渺茫，誰都有向他發出險惡攻擊的可能。縱然我不願看他死去，但是天底下哪有一個生命能走出死亡的設定，再不捨也得捨，不是嗎？幸好他的命大，夠硬氣，挺過了一劫。

小龍也看似有傷，卻無法說出傷在何處，只知道他走兩步或跑兩步，右後腳就得抖一抖，甩一甩。我估計是腳掌受了異物沾黏，甚至刺入皮肉所致。若是後者，情況比較嚴重，因為這種傷會引起細菌感染，皮肉紅腫潰爛，到時候也是難逃死劫。

我憂心忡忡，觀察了一段時間，並沒有發現他食慾不濟，也沒有流血流膿的情形。同樣地，有一日，他也突然不抖腳了，我才確信又是一隻命大的貓，有相當好的自癒能力。

大胖子也受傷一次，他的性格屬於粗線條，身上到處沾黏一些有刺的乾燥花托，似乎都不在乎的樣子。那一天，他一樣開開心心來吃飯，我卻發現他的右耳背撕破一塊皮，流了血。這是小傷，我可以治，就當小孩子跌倒擦傷了一樣來處理。

大胖子最容易治，但我也只能趁他埋首吃飯時，趕緊用棉花沾上藥水，給他清洗傷口，然後塗上優碘。隔天，我再用一種防水性的液體繃帶（liquid bandage）給他塗上，過幾天就好了。

皮皮從沒有見過外傷，他最安靜，個性也最溫和，很少見他有任何情緒表現。就算香噴噴的飯食端來，他也不像小龍那樣歡快，會翹尾巴，轉圈子，攀跳紗窗。皮皮是灰白貓，個子小小的，一雙綠眼睛充滿心思，打量著四周人事物。

皮皮是第一個來要求賜膳的主子，此後才有大胖子、閃電俠，和小龍。我從沒有聽過皮皮說話的聲音，只聽過他咳嗽，打噴嚏。那是冬天，氣溫多半在攝氏零度以下，低溫的日子長達半年。

感冒引起肺炎致命，同樣令我擔心。而過不久，我要出一趟遠門，為期一個月。我上網查詢，有一種保健品叫 Lysine，似乎可以試試。Lysine 被做成貓零食的口味，我將它切成兩半，混入罐頭食物中，每個主子早晚各吃一顆，維持三、四天。小龍機警，聞了味道不對，不吃。皮皮倒是吃了，皮皮吃了就好，接下來只能聽天由命。

一個月後，我回來了，除了高興見到家裡的正主之外，也很高興見到外頭四位主子俱各安康。皮皮不咳了，他以令人愛憐的眼神看我，我微笑對他，心中寬慰，謝天謝地。

阿們。

7. 過冬

冬天是嚴峻的，對人尚且如此，遑論那些流蕩在外的貓兒。貓最怕冷。有一幅畫不知怎麼一直印在我的腦海裡，就是窗外大雪，屋內壁爐柴火明暖，一位老奶奶坐在搖椅上或打盹或針織毛毯，一隻貓蹲在壁爐旁安靜烤火。

可不是，平常我家正主叫也叫不來，只要天氣一涼，她立馬回心轉意，一見我坐下，就大大方方走來，輕輕一躍，跳到我身上，拳縮在我的腿腹之間，把我當暖墊子用。

我看書，她睡覺，如此平靜安和，那一刻彷彿世界只是我們的。但事實是，屋裡屋外兩樣情，我們暖和著，浪貓卻挨凍著。命如琴弦，走唱在四季的風景裡，我似乎聽見了淒涼之音，他們如何度過嚴冬呢？

收容他們在陽光房雖是安全的，只是他們不肯，一個都不肯。我只能打開陽光房的一道門縫，讓他們自由進出，可到了夜晚睡前，我還是得請他們出去，鎖上門戶。

此外，我還可以做一件事，給他們搭房子（其實是避難所）。將我家正主不愛的絨布小屋套上防水塑料布，用木條墊高以防雪水，再補充一些保暖棉布，就是一棟貓屋。去年冬天我出遠門，託管的J以置物箱也做了兩間，我看了很感動，可惜主子們說愛也愛，說不愛也不愛，使用率不是太高。

一切都盡心了，眼看氣溫一日比一日低，從冷到寒冷到冰冷到酷冷，我只能每日守望，多加膳食。晚上請他們離開陽光房時，我總是對他們說：「對不起，請你們去找安身之所，大家都加油好嗎？」早晨一起床，心思裡最想見的，是四位貓主子一個個出現。當他們果然都活生生站在我面前的時候，我報以欣慰和嘉勉的稱讚，問他們早，並且祈願：

下一個即將到臨的冬天，大家一樣堅強，平安度過。

為生命歡呼！

8. 吃了就睡

貓主子來我後院，眼神裡只有一個訊息，渴望吃。他們看上我的善良，天天以乾巴巴、圓睜睜的眼睛照亮我的靈魂，只能使我心軟，乖乖交出一頓又一頓餐點。

吃完飯，他們就喝喝水，洗洗臉，理理毛。不虧我每日用心供膳充足，他們的毛都柔順，色澤也清亮，其他貓兒見了一定都誇說：「你這樣子就知道真好命！」

理完毛，貓主子想起還有點心沒吃，就等待來一小片奶油。吃了奶油還盼望有一小口別於罐頭的鮪魚小菜。想想他們這樣受寵溺，都是我自甘為奴的後果。

伺候已畢，我展開一天工作，而他們只有一件事可幹，睡覺。他們睡覺的地方很多，前院灌木叢下，後院垃圾桶蓋上，露天後陽台的沙灘椅，或前廊的暖墊椅子上，都可以睡。連我家車道的水泥地上，照樣能睡。

陽光照在他們身上，他們或躺或臥，甚至四腳朝天，酣甜入睡，看得我又羨又妒，又喜又怨。但說實話，我的心也是暖的，看他們這樣在我家地盤上大剌剌睡覺，我有種深得信任的驕傲感覺。

我們是一家人了嗎？

立秋以後，我發現他們睡覺，無論白晝或黑夜，就常是兩隻、三隻挨擠在一起（所有組合都有，惟獨小龍和閃電俠從未組合過，「有你無我，有我無你」的意思很明確）。也是不久前，我看見閃電俠與大胖子挨擠在一張椅子上，大胖子埋頭睡覺，閃電俠卻一股勁兒給大胖子梳毛。也看過閃電俠給皮皮梳毛，但是看得出，他更愛大胖子。

一日，大胖子臥在地板上休息，閃電俠也臥倒身子黏上去，又是一股勁兒給大胖子梳毛，做得殷勤仔細，每一個動作都是真心實意，充滿了愛的感覺。這樣的閃電俠是我未曾認識的！一個土匪怎能變成一名美髮師，又怎麼有如此溫柔一面？

天下沒有絕對的好人，也沒有絕對的壞人，這是多年前吳宇森的電影《變臉》所揭示於我們的。最好的人裡面也有惡念，最壞的人心中也有溫柔，閃電俠便是這般有柔情萬種的，土匪。

9. 玩什麼

貓主子吃了就睡，睡了就吃，給人整日無所事事的印象，其實不盡如此。他們也會串門子，也會彼此磨蹭交換消息，也會跳到房頂上踞坐俯看眾生（或遠遠監視被他們所收服的人族），也會走過各式窗台窺探眾生私情，也會跳到車庫上聽風在唱歌、看樹枝在跳舞、赦免吵鬧的不懂事的麻雀。此外，他們還會打獵。

打獵原是他們求生的基本能力，自從他們「欽點」我供膳以後，打獵或許就成了他們的消遣，也多一份零食。後院有鳥飛蝶舞，螳螂揮戈，花栗鼠走躍，這些在貓主子眼中，各個都是獵物。

我見小龍追過蝴蝶，兩腳直立，雙掌撲啊撲，很認真又很拙的模樣。有一次，我見他蹲伏不動，兩眼專注有神，渾身積攢一個訊息，即打獵中。我不敢干擾他，只見他奮力躍起，向下俯衝，利爪出鞘，獵物命懸一線。捕獲了嗎？一隻花栗鼠從花草中奔逃而出。小龍失手了。

有一天早晨，我見到一隻被截成半身的螳螂，躺在後陽台上。這是誰幹的？這是貓的報恩嗎？還是貓主子吃不完，叫我把剩飯替他收起來？我站在那裡邊看邊想的時候，小龍跑上平台來，他兩眼炯亮地看我，像是在炫耀，「你看我的身手還不賴吧！」

都知道閃電俠最蠻最野，我沒有見他打獵，只見獵物，通常是一隻鳥，已經到他手上，供他玩耍；也見他嘴裡啣住一隻鳥，然後一口一口把鳥撕咬吞下。

（是啊，沒有吃素的貓，如同沒有不飲血的獅子，沒有不吃魚的海豚。大自然生生不息，不能沒有吃與被吃的可能。人吃葷好不好，吃葷對不對，吃葷殘不殘忍，怎麼說去？）

有時我在後陽台或自家車道上，曾看到一條嘔吐物，濃稠黏液中有未嚼食消化的貓乾糧，以及片片斷殘的鳥羽毛，大概都可猜出是從閃電俠的胃裡吐出來的。這傢伙性格太霸，吃食太快，獵食也貪。有「不肖子」如此，我常搖頭嘆息，不可教也。

可我很早又發現，閃電俠勤於喝水，喝得也不少。這不是好現象。按常情說，貓不那麼愛喝水，之所以愛喝水，只有一個可能，生病了。糖尿病，慢性腎衰竭，子宮蓄膿症……都會造成貓的喝水過量。果若如此，閃電俠的壽命是不是宣告倒數時程了呢？

這一想，我又同情閃電俠了，心中滿滿不捨。

10. 問性別

每日相見，我對貓主子的所知仍有限，比如：他們晚上到底去哪裡睡覺？他們遇見浣熊或臭鼬時怎麼對待？他們抵禦嚴冬靠的是什麼？他們真的不渴望有一個家嗎？日夜交替和時間遞次對他們有何意義？

又比如，他們的性別是公是母？

我能確定的，是他們都有一隻缺角耳朵，這說明他們曾經受過捕捉，動了結紮手術，而後原地放養（CNR／Catch Neuter Return）。但是此地的剪耳並不用台灣「男左女右」的做法，慣常是剪左耳。換言之，無論男女，那一刀都切在左耳上。

這一來，我就無法分辨他們的原性別，只能用猜的。小龍活潑好動，喜歡「攀岩」，像個少年人，我猜他是公的。皮皮文雅，慢條斯理，像一名三、四十歲少婦，我猜「他」是母的。有幾次，我看見大胖子去聞皮皮的屁股，還略微粗暴地想抱他，就更讓我感覺皮皮是母的。而大胖子應該是公的，你看他粗獷的性格，碩大的體型，憨呆的萌臉，吃食時的豪邁，再再都像是小丸子的男同學，小杉。

最猜不透的是閃電俠，他的惡霸行徑像是公的，他對大胖子和皮皮的溫柔殷勤又像是母的。他既喜歡公的大胖子，又喜歡母的皮皮，那麼，他到底是男是女呢？或者，他是一名男女通吃的大愛分子呢？

無男無女也是一種性別嗎？貓兒們互為伙伴，相知相識，又打鬧又和諧，這是一個烏托邦式的性別世界嗎？

他們在我屋子周圍將過第二個冬天了，縱然大胖子已經生不出小胖子，小龍也生不出小小龍，正如我也只有自己一人，但這世上又哪有一個生命不是在某一種缺憾中完成自己的旅途呢？

生命真的有多種態樣（生來如此與後天變化相容成立），在生命這個奧然之物面前，我們是干涉太多了，還是限制太少了？又或是，我們都相信在這裡面不多不少一定有值得自己與他人尊重的故事？

人啊，多麼渺小。

11. 土匪變了

閃電俠這土匪，我從沒想過他能改變，直到他自己變了。以往我端飯盒來，飯盒未著地，他就急著搶食別人東西，態度惡劣。但這幾個月，他確實變了。他會等待了。他等待飯盒落地，放在他面前。

他似乎知道，不必急，永遠有他的一份。他似乎也知道，他在這裡是安全的，是不會受傷害的。當他收起凶霸的態度，等待吃他那一份時，我總有一個感覺，他過去一定活得非常艱辛。

為了生存，為了活下去，他必須武裝自己。能多吃一口飯，他就有多一分存活的機會。活著，是何等大的感力。活著，又是何等大的挑戰和磨練。我看他慢慢地、自在地吃飯時，似乎理解了他的土匪性子。

理解了，並不表示喜歡。我過去不欣賞他的性子，所以給他的罐頭，總是有意無意地減少一點。現在他變了，給他的罐頭分量也多了，他比以往更顯得平和。

我媽常說，貓認厝不認人。於此，閃電俠認厝了。他在我的厝周圍徘徊，前前後後走動。前廊有數張舒坦椅子，閃電俠幾乎整日待在其中一張椅子上，睡相大剌剌，四腳朝天，袒胸露肚。說真的，我很喜歡看見浪貓們在我家門口這樣「肆無忌憚」地睡覺。

大概睡得好，吃得飽，閃電俠明顯胖了，肌腱也壯了。小龍依然打不過他，但是他對小龍出拳，不再像對仇敵那樣凶狠，而是有了輕重，像哥哥對弟弟那樣打鬧，懂得適可而止。這一切一切，我都看在眼裡。

這幾天我還發現，他願意來舔湯匙。每次舀罐頭分食，小湯匙總會沾黏一些食物和湯汁，我就蹲在地上，請他們來舔淨。四隻中，只有兩隻願意來舔，就是大胖子和皮皮。來舔湯匙意謂他們必須接近我，或者說，來舔湯匙就必然受到我強大氣息的壓力。

閃電俠伸長身子來舔湯匙，一點一點溫柔地舔，也一點一點把身子拉近。現在，他看我看得那麼清楚了，他對我的氣息也那麼熟悉了，你想他會認我嗎？

12. 第三冬

十一月，正當台北風和日麗之際，美國C城已經迎來了初雪。大地一夜間，被雪統一了。叮！托顧的朋友傳來照片，不是雪景，而是結冰的貓碗。叮！朋友傳來訊息，皮皮一直在咳嗽。

查看氣溫，這幾天最低可達攝氏零下七度。太冷了！我的心一時揪起來，目光遙望遠方。遠方，隔著太平洋和一大塊陸地，我看見皮皮、大胖子、閃電俠和小龍拳縮著身子，雪花一片片落在他們身上。我也看見他們大大小小的腳掌，參差又有序地印在我屋子的前廊、車道和後院。

這是第三年，我要與他們一起過冬。C城每年十月，必開啟暖氣，秋涼早晚明確，霜寒一步步包圍上來。可我怎麼也想不到，今年初雪會來這麼早，冬的冷冽已經全面覆蓋上來。

回想第一年冬天，我在觀望不定中陪守，而第二年冬天，我決定打開陽光房，放上紙箱、軟被和墊子，讓他們進來躲避嚴寒逼迫。這樣，至少五個月，我必須放棄陽光房的使用，完全由他們占有，也讓他們自由進出。

打開陽光房，一來可以保證飲水不會結冰，二來可以減少他們被凍死的機率，我也因此可以安下一些心。但是朋友問我，「門戶保證安全嗎？」是，我也想過這問題。

四隻貓畢竟不是四隻狗，遇上不良分子闖入，會吠叫警告，或者嚇阻對方。我也確信，貓假若見到入侵者，一定是率先倉皇逃出，顧自己的性命要緊。我的生命和財物安全絕不是他們所關心的。但——我到底有什麼可偷的呢？我搔頭認真地想。

「陽光房和廚房之間還有一道門鎖！」想過了一遍，我還是決定打開陽光房，去年如此，今年如此。以後年年如此。

看！冬天真的來了，全天候警備寒冷的時候也到了，惟願人貓相安。所以此刻，我歸心似箭，目光一直投射很遠很遠。我想他們。

他們是否也在等我回來？

13. 尊位上下

四位小主鬥了兩年半，尊位高低昭然若揭，閃電俠勝出！大胖子貴為名門出身，體型最肥厚，卻一臉呆萌，地位淪到後座去。這一切都顯明在飲食的爭奪上。

進膳供食是同一時間，四份四碗。皮皮平日優雅敏警，吃飯速度倒快，食量也不小。他和小龍好像在比快，不是他第一，就是小龍第一。皮皮吃完了，總客氣地瞄瞄別人飯碗，瞧瞧別人有無剩食，可是小龍就不一樣了。

小龍不知何時染上流氓氣息，自己的那份吃完了，就逕至別人碗裡搶食。他搶皮皮的，搶大胖子的。皮皮給他搶，大胖子也給他搶。大胖子被搶了，只能呆呆坐著發傻，就像傻大個兒，光長身體，不長腦袋。我以前覺得大胖子跑跳撲躍，身手靈活，堪比喵星人中的洪金寶，現在倒覺得他像周星馳《功夫》裡的排骨（肥仔聰）。

小龍惟獨不搶的，只有閃電俠。有一次，他小心翼翼，伏低身子，走近閃電俠的飯碗，閃電俠是冷面殺手，二話不說，一個巴掌火辣辣揙過去，小龍只好乖乖一邊去。但這還不足以說明閃電俠的地位。

閃電俠的霸氣是想吃誰的，就吃誰的，沒有人不讓他。但他已知道，他有自己的那一份。他若來得晚了，就坐在門口，兩眼冷靜犀利，用強大氣場召喚我，「本王來了，進膳吧！」自此，他尊位占得第一，理當分明。

而看似誰都能欺負的大胖子，雖然敬陪末座，他一時興起，也會用自己的大塊頭壓制皮皮。說壓制，是中性詞，實情更像是性騷擾。皮皮不堪其擾，只能逃之夭夭，不然他找誰報警？

再說，大胖子的被欺負也不盡然是這樣。往溫情想，是大家想替他減肥；往感情平衡想，是大家知道大胖子品種金貴，不乏被讚賞和疼愛，剝奪他一點吃食也只是剛剛好而已。

這是真的，我的朋友來，見到屋外四位主子，第一眼都落在大胖子身上。「好漂亮啊！多富泰啊！真美啊！」讚美之聲不迭。人族看他如此，貓族看他抑是如此。凡跟大胖子擁擠在一起的，都舔洗他，替他理毛，好像在說：「怎麼就長得這身華貴皮毛，好命喲！」

給大胖子梳理最多的是誰？閃電俠！閃電俠愛大胖子，殷殷切切、細細密密把他從頭舔到腳，連耳窩子都舔進去，只能說恩寵極了。當氣場最強、下手最狠的閃電俠「伺候」著慣常被搶食的大胖子時，都說不清尊位次序，到底誰尊誰卑了。

14. 貓來富

小妹說：「貓來富。」一日我埋怨她在家中養了太多貓（幾隻？十二隻！這故事一半以上都寫在〈來了九隻貓〉[1]那篇文章裡，在此就不贅述了），但她一句貓來富，古有明言，就叫我把氣吞消了一半。

我是喜歡富的，窮日子太苦，尤其母親都過了六十，從來沒有享受過富日子。既然貓來了，像活的彩票頭獎來了一樣，我也就不做聲。我等著看小妹旺起來，看家中富起來。十二隻，想一想，要有多富啊！

後院來了四隻浪貓以後，我也暗暗心喜，富了富了。等一日富了，我要換一棟新房子，買

1 參見《問風問風吧》，有鹿文化。

一部新車子，辭掉工作，環遊世界去！愈想，愈禁不住心裡笑。感謝上天恩寵，阿們阿們。

幾年後，家中依然過窮日子，我也是量入為出，連一塊錢都不敢隨性使用。富日子到哪裡去了？我揶揄小妹。小妹很尷尬，答不上話，知道自己圓不融了，不僅沒有富起來，反而挖出一個大錢坑。

貓砂、貓糧、貓用品，還有醫療費用，每天都在花錢。除了家裡的，還有街上的，遠處需要救援的，連時間和精神都花上了。只出不入，自然沒法富。有時財務緊張，實在吃不消了，她就半開玩笑，說把暹邏貓奇異果賣掉，可以得一筆小財。但這種事，她到後來也絕不可能做出來。

富日子到哪裡去了？我也問自己。

原來，富是豐富，是多彩多姿啊。貓的個性多豐富，貓的表情多豐富，貓的姿態多豐富，貓的心思多豐富。哎呀！貓這生物所活成的樣貌太豐富了。所以貓來了，就是「富」來了，而有貓的人也跟著他們的富而豐富了。

不是嗎，看他們黏膩我，多有趣啊。看他們不理我，多有趣啊。看他們耍心機，多有趣啊。看他們自私貪婪，多有趣啊。看他們上演恩怨情仇，多有趣啊。若是病了，傷了，老了，心也跟著愁了。他們來了，把說不盡的酸甜苦樂、多彩多姿的日子都帶來了。

正是這樣的，說貓，寫貓，唱貓，都不會有止盡的一天。安德魯・韋伯編寫的音樂劇《貓》（Cats），就是一個著名例子。一首〈Memory〉，多動人心扉啊。夜沉沉，月將盡，曙光隱隱浮動，那些發生在人們睡覺時的貓故事，一直吸引著人的好奇心。貓的眾生中，也許有一位金庸，一位瓊瑤，一位雨果也說不定。

皮皮、大胖子、小龍、閃電俠，屋外四隻浪貓的身世，於我永遠是個謎了。但是我知道，藉著他們每日來來去去的身影，他們留給我一個無比豐富的想像空間，而我的心也已被他們佔據了一塊地方。

飯堂的猜想

那天他吃完飯，回頭瞥我一眼，就面無表情地走了。走的時候，似乎還加快腳步，帶著一點驚慌。但我從那個眼神裡，已經讀出來：他不來了。以後，他就不來吃飯了。

是什麼使他下了這個決定？

是他吃了三年，已經吃膩了？（可是我明明常換口味呀！）是他找到更好的餐食了？（畢竟我不是什麼王公貴族的富豪人家啦！）還是他對自己的生活有另一種人所不知的規劃了？（若是這樣，我能不尊重嗎？）

前一天，他並沒有來，我等到午夜即將入睡，也未見他。隔天，也就是那天早上，他來了，而且遲到了，當大家都吃完飯，我也準備去工作時，才從眼角餘光瞥見一個身影，是他嗎？是，他從尼爾家後院跳上欄杆，進入我的院子，半分鐘後出現在我的落地窗外。

我喊了他：「皮皮！」

然後快快把他的那份餐食拿出來，呈到他面前。

我是飯堂，皮皮是一隻貓，跟他一起早晚來吃飯的，還有三隻不同品種、花色和個性的成員。皮皮是四個中最早發現我是新住戶的，他用清澈眼神，矜持端正的坐姿，遠遠看我。我請他吃了一頓飯之後，其他三個成員就陸續來報到。三年來，春夏秋冬，我們不僅早晚相見，也時常相見，日子過得像一家人。

皮皮回頭那一瞥，是來告別了。

也真走了，那天晚上，他果然沒來。又一天，也沒來。再一天，還是沒來。他都說不來了，我又有什麼可盼的？飯堂以後只要準備三份餐食就夠了。這樣分罐頭時，每一份都加多，是從皮皮那份挪過來的。

過了中元之後，眼看就是白露，便也入秋了。我儘量不叫自己多想，但都說像一家人了，一下子消失一個，我還是默默思想，隱隱掛心，也慢慢學習接受這個事實。

眼看5G時代了，社交媒體如此發達，天下幾乎沒有找不到、聯繫不上的人，卻偏偏找不到一隻貓，通一句話，問他好不好？

他正在做什麼呢？他一定在這世上某個角落看著什麼人，聽著什麼聲音，吃著什麼口味的食物，做著什麼奇形怪狀的美夢或惡夢。

他到底走到哪裡去了？新生活是什麼樣的呢？路上危險否？遇到的人或狗或車都友善否？若是他遇人不淑，一時大意，慘遭橫禍，那我真的真的永遠見不到他了。

不，寧可退一步想，他生病了，去尋找一種藥草。他憑敏銳直覺知道那草生長在哪裡，等找到了，吃下了，休養幾日，他就會再回來。這樣，我又可以見到他了。

但他終究沒有出現。

都忘了數日子，也許已經消失一星期，或者十天。我的日子如常，屋外三隻成員也如常，我問過他們：「知道皮皮去哪裡了嗎？」不答。「知道他什麼時候回來嗎？」也不響。

◇

美國勞工節長週末，一早，鄰居丹喬和他的表弟馬力歐，在後院布置小爐火，旅行折疊椅，幾打啤酒，烤肉架，準備招聚親友來玩樂。即或新冠病毒猖狂肆虐，這裡的人還是天之驕子般，該玩就玩，該樂就樂。

傍晚不到，丹喬的親友一一來了，他們吃喝談笑，直到天麻黑了，才有人離去，但仍有人留下，繼續談笑到午夜。等他們全數散席，丹喬熄了爐火，我才從半睡中起來，下樓去關靠近後院的門窗。（我之所以等到現在才關，是因為拉門拉窗，動輒發出聲響，而我不知基於什麼羞澀禮儀，不想讓人錯以為我在排斥他們。）

第二天，原以為聚會止了，今晚可以恢復正常，不想天黑之後，丹喬又升起爐火，來了幾個朋友。這些天，氣候晴和，夏風溫柔涼爽，教人迷醉。他們坐在戶外徹夜歡談，有時言語激昂，有時笑聲炸開，原也能理解，只是深夜兩點半，他們不僅不散，還開起音響來助興，倒使人氣惱了。氣他們的不知止，也惱我的門窗仍然未關。

風，吹一陣，颳一陣。樹枝搖頭晃腦，樹葉集體沙啦沙啦歌唱。丹喬今夜是忒放縱了。此時，我真希望有人報警，把他們抓走，或者下一道閃電，把他們趕走，怎樣都行。三點，我躺下，無法睡。起來上網後，又睡。看鐘五點了，人未散，馬力歐的音頻音調總是上揚的。

咚，咚咚，屋頂響了。是雨滴。原來風召聚了雲，雲看他們這樣放縱，也氣飽了。雲一飽，雨就來了。閃電也來了。雷聲又近又遠。他們在倉促收拾東西，一個個走進屋去。我終於可以去關門窗了。

卻沒想到，才關上門窗，後陽台的感應燈亮了。兩隻貓從木欄平台上跳下來，立在我的落地窗前，其中一隻是皮皮。我喊了一聲：「皮皮——！」

◇

真的是皮皮。那瘦小灰毛模樣，我是不會忘的。極深黑夜，他們守在我的後陽台，是期盼我奇蹟般出現，給他們送一份宵夜嗎？沒問題，沒問題，我趕緊開了罐頭，做兩份美餐，送給他們。

皮皮回來了！只是難想像，他會在此時此刻，以這種戲劇性的方式回來。有很多話想問他，但又何必問呢？平安回來了就好。看他吃飯吃得香，知道身體是好的。又看他吃得比以前狠，不得不使我猜想：前面那些日子，他忍受了飢餓嗎？遭受了什麼苦嗎？

是不是根本沒去找藥草，而是去一趟冒險之旅，途中受困，脫逃不得？或者，他其實是喵星人中的作家，為了作田野調查，初至陌生地，才誤入陷阱中？又或者，他只是想暫離舒適圈，去大世界闖一闖，看一看，不然會終生遺憾？

無論如何，皮皮已回來十天了，這十天，他不是在我的屋前，就是在我的屋後。他吃了就睡，睡了又吃。他吃得歡，睡得香。他似乎說金窩銀窩不如飯堂的貓窩好。他是樂意來跟我過家人的日子的。

過了白露，夜氣溼重，晨珠滿滿。隨即秋風至，這是遠行時節。皮皮的雙腳搭在我蹲下來的腿上，他正舔著湯匙上刮淨罐頭的殘湯剩汁。他看著我，那個態度像是要對我不離不棄了。但是，這話是可信的嗎？

貓有哪一句是可信的呢？

右為消失十天又回來的皮皮。

浣熊不要來

浣熊又來了，昨晚跟牠照上面，牠已經撬開房簷一個洞，當作牠家大門。豈不知，這不是牠的家，牠在這裡門兒都沒有！

明明知道沒用，我還是火速買了幾包樟腦丸，掛在牠慣常攀爬的牆沿上。說沒用，是因為我跟牠們交手過四年，最後都是花上幾百塊美元，請專人來設籠捉捕，然後修補破洞才搞定。

果然，入夜了，一陣侵門踏戶的響聲又起。我看到牠了，而牠渾然不知，我正悄悄埋伏在二樓窗口，手上握著一根木棍。牠也不知道，我已聯絡上一家新公司，是提姆鄭重推薦給我的，明天就要派人來了。

浣熊很肥，體型像個富泰的大爺，牠悠哉地現身於陽光房屋頂。此時，我冷不防拉開窗戶，掄起棍子，揍牠一個屁股。牠竟沒想到人類這麼邪惡，會做出這種見不得人的事。牠受這一棍子屁股，知道敵人難惹，只慌忙地沿著牆角排水管，一路爬滑下去，逃向後院不知處。

哈，這一棒可解氣了！

但一開始，我並不討厭浣熊的。狼狗暮色中，我曾以為浣熊是貓，一隻憨呆的肥貓。我也記得初見浣熊從排水管爬下時，以為牠是來路過的，覺得可喜。後來又知風靡五、六年級的卡通影片《小甜甜》中，那隻從小與小甜甜作伴的動物，正是浣熊時，更是覺得可愛。然而現實中，完全不是這樣。

浣熊撬洞，潛入閣樓築窩生仔，半夜活動，不時開狂歡派對，實非好住客。故此孰不能忍，必須通通請走，請不走就趕走，趕不走就捉走，拿到遠遠的野外放生。這不，明天就要為牠們佈下天羅地網了。

豈料，新公司派來的人不是設籠佈網，而是遞出一頂「血滴子」。我見他（此人是老闆兒子，跟浣熊一樣胖）在浣熊已撬開的「家門口」外，精密設下一個籠子，籠子裡有一條絞刑器，只要浣熊出門覓食，就會踏入這道機關，然後即刻見血，爾後被絞死。

我見此狀，有些驚訝，我是請人來捉，不是請人來殺呀。那人見我猶豫，問我願不願意這麼做，若現在反悔，還來得及，不收費，他立馬撤人。我思考了幾秒，臉色沉重，口裡卻說好吧。

刑具已成，就等「請君入甕」。

而此刻我盼望，屋子裡的浣熊昨夜全都逃光了，沒有一隻落下。是，浣熊已經回不了家，怕的是昨夜或清晨牠們通通回來睡覺，現正等著天光退下，就又要出門。

黑天了，我豎耳注意動靜，並默默祈禱：浣熊不要來，浣熊不要來，這地方太危險了！我不要你們死啊！

第一晚，無動靜，這是好兆頭。也許，牠們嗅覺到門外之物不尋常，所以不敢出門。第二晚，無動靜。第三晚也是。難道牠們肚子不餓嗎？不出門也會餓死呀。又或者，屋子裡真的沒有浣熊了，上次那一棍奏效，牠們已認定我絕非善類，很難做伙。好，這樣好。

第四天，專家公司來電，問有沒有收穫？我有些喜氣地說：沒有！（沒有，對他們不是好消息，因為除了設置費一百五十元外，凡捉到一隻，他們加收五十元。）對方聽聞，就說：一週內若無收穫，就說明沒有浣熊了，可以擇日來撤去機關。

果真，一週內都無動靜，我的心卸下了擔憂。十天後，那人訕訕前來，爬梯撤去血滴子，但被浣熊撬破的洞要補上，要價一百元。

就這樣，我花了二百五十美元，約七千兩百塊台幣，買了一場「空」。說實話，我一面心痛，一面是歡喜的。看著那塊補好的洞口，我心裡還是大聲地說：

浣熊不要來！

給浣熊聽音樂

浣熊又來了！入夜，坐在床上看書，一陣粗魯聲響傳來。不錯，一定又是浣熊來找窩，想搗壞房子了。我立刻熄燈，躲在二樓窗口，手持棒棍，要揍牠們屁股幾下。屏息，等待牠們全身現形，就倏忽來一棒，嚇嚇牠們。

等待中，想起一位朋友給我的信中，說：「不要打浣熊啦，嗚嗚嗚……」她一家子愛浣熊成痴，尤其兒子對這種眼周有著黑眼圈、尾巴有著黑色環紋的浣熊一往情深。有一年，她們入境美國，面對海關人員的詢問，竟答此行目的是來看浣熊的！（我敢保證，這個回答必叫那位官員瞠目結舌，繼而眉開眼笑，久久難以忘懷。）

既然不打，那該怎麼辦呢？

我把我的苦惱告訴鄰居尼爾。尼爾說：「給浣熊聽音樂。」又說：「我的隔鄰大衛家就是放音樂給浣熊聽，聽到後來，浣熊通通跑你家去了，哈。」

音樂是悅人的，這東西真能趕走浣熊嗎？

FM104.9是此地古典音樂電台，二十四小時全天候播放。好吧，看在上天有仁德之心，就改請貝多芬、蕭邦、莫扎特諸位大師出馬，以指揮棒代替棍棒，看看能否以音波劃下結界，請「飄撇」的浣熊大哥，可愛的浣熊妹妹就此止步，不要再來了。

小型收音機放窗口，如貼一張符咒，對著浣熊時常路經之處。音樂悠揚，聲波振動空氣，適度擴散出去，那是李斯特的〈鐘〉，帕爾曼演奏的《辛德勒名單》主弦律，巴哈觸及永恆天門的平均律……

一天，兩天，我留察動靜，耳聽上下四方聲源。一週後，緊繃的神經漸漸鬆緩下來。天灰了，一場輕雪飄飛，覆蓋收音機，我在室內還聽得見一首叫不出名字的鋼琴曲。半夜，下起一場冬雨，雨滴點點灑落，耳畔正是電台主持人在介紹克里夫蘭交響樂團的十二月曲目。

給浣熊聽音樂，結果——牠們什麼都不聽！

不聽算了，掰掰！

我帶你遊山玩水
——寫給你的二十

你來了；你說簽證難哪，過關難哪，全世界最難到的地方。

我哈哈大笑。

從C城出發，開車八小時內，方圓可到不少城市，如：底特律、匹茲堡、辛辛納提、芝加哥、水牛城（尼加拉瀑布）、多倫多、費城，華盛頓（哥倫比亞特區），當然還有紐約。

我帶你去看瀑布吧。

雨，出行。

雨滂沱，雨稀疏，陰晴轉變。音樂流貫車內。我們談話，我並不太認識你，只知道你一

尼加拉瀑布(1)

十歲。這是你大二的暑假。你的故鄉在島上，東海。正如我的也在島上，隔海峽與舊大陸相望。

看哪！這是多大的水，眾水澎湃，訇訇然。印第安人說，這是雷神之水。排了好長隊伍，穿戴藍雨衣，終於登上「霧中少女」（Maid of the Mist），輪船起航，馬達加速旋轉，與滔滔流水拚搏，晃蕩前行。

水，從天垂落而下，是雨。河水飛奔危崖，傾懸一去，是瀑。兩座馬蹄瀑布，一小一大。經過小瀑布，再到大瀑布，船停佇大水之前，水花濺射，水花不是溫情花，是潑辣辣的雨。渾身溼透。

船搖擺於瀑下，瀑龐然動亂，傲然放肆，勢態又威又怒。恐懼者仰之，如視巨獸張口吼叫；敬虔者觀之，如見大神攜千兵千將燃炮敲鈸響烈而來。

尼加拉瀑布(2)

是瘋狂鬼魅的傾巢而出。是宇宙洪荒之力的推波助瀾。

流水一滴，晶瑩剔透；流水千滴，涓涓秀美；流水千萬，悠悠蕩蕩；流水千千萬萬，月湧大江流，海上明月共潮生。

流水一去不復返。

不禁想，大二暑假的我在做什麼呢？二十年前，你剛出生時，我又在何處呢？我見你用手機攝下這咆勃水勢，聽你驚呼連連，也想你這新時代的中國人，從遙遠的東方來，第一次（如我第一次蒞臨水瀑之下）踏上新大陸，你的將來是如何呢？你要奔往哪裡去呢？

你所要去的地方，也終有流水經過。

我帶你去華盛頓吧。

◇

又一週，晴。車行賓州，進阿帕拉契山，一路到馬里蘭州，暴雨如瀑灌頂。公路數起車禍怵目。豐田小車謹慎前行，峰迴了，路轉了，橋過了，看了丘壑，見了河流，都在雨中。

你喜歡車，幾乎沒有男孩子不喜歡車，尤其是學機械設計的你。你期待有一部特斯拉電動車，多酷啊！（像《變形金剛》的山姆有一架大黃蜂。）你的話不多，看似靦腆儒雅，實則不然。你有時淘氣促狹，有時高冷難測，有時刻薄少恩，但你又是有主見的，都放在心裡。

美國高鐵不興，因為有細密完善公路，因為有車。（沒有車的日子，美國人將無法想像，最大想像就是世界末日。）玩美國最好方式是駕車。一部車在手，天涯任我行。走過城市鄉村，越過高山溪谷，跨過島嶼和島嶼，沙漠和部落，平原和荒野，森林和湖泊，日與夜空，飛鳥與秋水。看老故事連著新戀情，牛仔趕著群羊，暮色蒼茫，預謀背叛，流下傷心淚水，雲來霧去，告別仙人掌，遇見麋鹿，都在路上。

這是一個還很新、很年輕的國家，正如你。

二十歲的年輕，是氣血旺盛，精力充沛；是姿態傲嬌，看世界是自己的；是身軀健美，肌顏光潔，如大衛現身於米白大理石中。走在國家廣場公園，看的最多的就是大理石，嶄白新石，果真年輕。

國會大廈始建於一七九三年，華盛頓紀念碑一八八四年十二月六日竣工，傑佛遜記念館一九四七年，林肯記念堂一九二二年（黑人民權運動領袖馬丁・路德・金恩於一九六三年八月二十八日在此發表著名演說《我有一個夢》），國家藝廊西館一九四一年（看全美惟一達文西作品〈Ginevra de' Benci〉，看維梅爾〈Girl with the Red Hat〉），東館一九七八年（看塞尚、莫內、畢卡索、梵谷，吃下午茶），國家航空航天博物館一九七六年（看3D電影《敦克爾克大行動》，看諾蘭合併一小時、一天並一週的新敘事手法，看戰爭的逃生的背影）。

併肩走在雨中，走在傘下，走在晴好陽光裡，走了兩萬步，三萬步。你說高考後的暑假，去了北京；那是一座八百餘年的古都啊。我想，你一定也來到長安大街，看見天安門，走進門前廣場。28.49萬平方米的廣場，鋪上的也是大理石？那片地板上，那一年，聚集了許許多多同你一樣年紀的青年人。他們靜坐，他們吶喊，他們有長篇的、理性的、感性的話要說，然後，他們逃命了，他們流血了，他們再也不能回去了。

你知道這些嗎？你知道的，但你不想知道，你也不願知道了。你接受你的新中國，你斯生斯長的地方，你也動了來美留學的心思，對準了這個方向，是什麼吸引了你呢？車？清淨空氣？還是校園自由？

走在華盛頓，走在敞亮整齊又明裡鬥卻暗中計算的政治之城，你問我可以去看白宮嗎？我說可以，但我們終究沒有去，沒有機會進入橢圓形辦公室。不知為何，從未聽過你對人類、對政治社會、對國家主席發出任何言談——你真的無話可說嗎？

二十歲是可以說了真話斷了頭的年紀。

旅店位於大使館區康乃迪克大道，杜邦圓環地鐵站，我們就近吃了西班牙海鮮飯，也去了法國餐廳。木心說，吃可口的飯，愛可愛的人。（我覺得這是旅行的精華啊。）可惜的，飯不如想像中可口，至於人呢？

而人，人是會變的，忽冷忽熱，純真有時深沉有時，迷人有時惱人有時，隨性有時敏感有時。人最多面最耐看。看山看海不如看人。看人生戲碼，有時像看劇中劇。把真當作假的來看，把假又當成真的來哭來笑。哭笑不得時，總有音樂響起，那麼——聽吧。

我請你聽王菲、馬友友、空中補給，你請我聽 Shayne Ward、聯合公園和我忘了名的搖滾樂。導航在樂曲中帶我們回家。晴空日子，油加足了，用盡青春氣力，搖吧，滾吧，屬於你的歌迴響車內，流瀉在青巒山路中，你向人生的巔峰爬行，你將要站在高崗上。

◇

怎能不去紐約呢？

二〇一七年，多雨；飛機在雨中閃電裡顛簸，輾轉降落。搭計程車入曼哈頓島，下榻世貿雙子星遺址旁的旅店，已是午夜兩點。

你說雙子，雙墳，911。

多少活人死人都在那一天，那一場驚悚可怖的崩毀火焚中，熔鑄成一幅難以抹滅的畫面，悲慘世界。紐約看見自己的脆弱，又證明自己那麼強大，她遭受重擊，吐了血，跪倒下來；但是她要站起來，還要飛起來。

西班牙建築師 Santiago Calatrava 所設計的「紐約世貿中心交通轉運站」（World Trade

Center Transportation Hub "The Oculus"），是一隻「從小朋友雙手飛起的小鳥」，張開一對白翅膀。我們坐在這裡吃早餐，天光傾洩，鳥身御風騰逸，如此空靈，灑落崇高聖潔。

從這車站出發，坐入地鐵（看哪！這人那人各種形色之人的大觀園），我帶你去搭渡輪，看自由女神。女神威名顯赫，無人不知。親臨座下，仰望本尊，你激動了，眼放光，臉上溢出粉絲才有的開心笑容。回曼哈頓，從中央車站出來，我帶你上帝國大廈，眺望紐約的日與夜，紅塵滾滾與燈火煌煌。風獵獵，雲紛紛，你舉目看去，洛克菲勒大樓、AT&T、熨斗大廈、第五大道、古根漢博物館、中央公園、東河、布魯克林橋、自由塔等等。一座千萬人的城市睥睨於你的雙腳下。

這是紐約；她亦聖亦俗，亦美亦醜，亦尊貴亦卑

紐約世貿中心交通轉運站。

汗，亦疏闊亦擁擠，亦熱鬧亦煩躁。她，是富饒繁華而不可一世，是紙醉金迷的惡棍堆積，是藝術家的夢幻之地，是眾生男女的失樂園，是人可以找到自我的自由世界，是機會爆棚又隨時破滅的人間競爭場……她活生生的，滿有個性的，跳動傲然生命力，向世人展示自己。

便是這般自己，受人景慕，同時遭人嫌惡。

查理斯・狄克森說：「如果你愛一個人，就帶他去紐約，因為那裡是天堂。如果你恨他，請送他去紐約，因為那裡是地獄。」（If you love a person delivers him to go to New York, because there is a heaven. If you hate a person deliver him to go to New York, because there is a hell.）是啊，便也是這裡，我決定切掉鏡頭，收起手機，不再拍攝你——那個徜徉在無畏號航太博物館的你，那個走訪於大都會博物館的你，那個隨我漫步於天堂和地獄之間的你。

那個動態中的真正的你。

那個清清亮亮的、又模模糊糊的二十歲的你。

你，在華盛頓特區林肯紀念堂。

我與白馬同行

——在雪城腦補愛情劇

疫情嚴峻，工作沉重，我仍渴望來一趟小旅行。我撫摸白馬，問她想不想出去跑一跑？她昂首鳴嘶，表示樂意。

白馬來自本田，品種是HR-V，馳騁縱躍於新大陸優矣。此行一天一夜，目的地雪城，主要參訪物為華裔建築大師貝聿銘所設計的艾佛森美術館（Everson Museum of Art）。

雪城位於紐約州，九十號州際公路一直向東，五個半小時可到預訂的廉價旅舍。屋外浪

紐約州雪城大學清晨一景。

貓託朋友潔西卡餵食，隨即帶一個背包，輕裝上路。

白馬很快在公路上奔騰，伴著陽光普照，白雲散漫。進入城郊，車輛漸少，U盤在古典樂、爵士樂、電影配樂、歌劇、民謠，中外流行歌曲間，隨性轉換。而我的心，放鬆再放鬆，彷彿廣袤天涯只此一人一馬。

進入雪城，我循旅舍方向前進，遇一圓環道路旋轉斜射四、五條岔道，惟有一條能到目的地。我行路最怕在陌生地遇到圓環道路，如果加上道路繁忙，左右逼迫，會更顯慌張。常常是「瞎撞」到正確岔道，如這次，撞上了。

但外出逛了商場，買了晚飯回來，薄暮黃昏，狼狗不分，我就在圓環上轉瞎了。如同鬼打牆一樣，GPS（全球定位系統）一直叫：重新計算，重新導航。白馬氣喘吁吁，而我冷汗熱汗併流。夜升上來了，狼狗退場，U盤搖滾，惟有呼求上天相助而脫困。

隔日，天一亮，我即退出房內味道不甚好的

雪城大學的樹、草坪和教學樓。

旅舍。由於美術館中午才開，我決定先去雪城大學（Syracuse University）吃早餐。我於雪城大學沒有淵源，卻有情感，皆因幾位好友都曾在這裡讀書。

譬如，少年時就相識的理查・葉，此人天生自帶光環，十項全能，德智體群美俱優，堪稱真正的優質偶像。二十年前，他從台大物理系畢業，退伍後，就離開我們，走動在這古典與現代兼容的校舍群中求學。彷彿我看見這像風一樣的男子，行過眼前這塊草坪，樹曾見證他抱著書籍邊走邊唱。

又譬如，J和S，兩人是我在美國才認識的，連他們彼此也是在美國認識的，就在這校園中。都是台灣人，男的俊美挺拔，女的俏麗活潑，一個是學長，一個是學妹。問相識過程？說學妹來了，身為台灣學生會學長來幫忙搬家，安頓住宿。S述說初識過程，臉上一陣緋紅溢出，其餘的請看官自己腦補。

好吧，腦補開始。

八月下旬，夏風拂動草木，S偕母親入校報到，J一身短衫等候。母女倆都沒想到，這位前來相助的熱心學長竟如此俊美，S立馬感到自己的心跳，狂跳，狂狂跳。啊，心狂狂地跳。

心的樂鼓發出震波，豈料被J收到了，引發共振，讀出來了。於是兩人眼神灼熱，在曖昧的交流中進行探索，追尋，理解，然後一起心跳，狂跳，狂狂跳，心狂狂地跳。

知女莫若母，何況S的母親是鋼琴家，自比別人更敏感易察。她以感謝之名，設宴請J吃飯。席中，得知J的身世良好，家教嚴謹，著實是個知書達禮的上進青年。鋼琴家的臉上露出甜美微笑，內心已經默默為兩人彈奏結婚進行曲。她想要J做她的女婿了。

彼時，我從星巴克出來，手上拿一杯咖啡，看見J和S從我面前走過，男的穿布克兄弟（Brook Brothers）的襯衫褲子，女的穿阿勃克朗比（Abercrombie）的早秋洋裝涼鞋。他們臉上煥發青春光彩，一路從馬嬰街（Marshall St.）轉入南科陸斯大道（S Crouse Ave），走進一間日本壽司店。

那是他們第一次約會；我從窗外看見，他們吃得開心，談得喜氣。他們看彼此的眼神閃爍愛意，情愫如絲成網，一步步發酵迷人的想像。吃完飯，開門出來時，男的說：「小心，有台階。」就順勢牽引女孩的手而行。

又一日，他們看了電影回來，男孩送女孩回住所。秋風漸緊，女孩體質冷，手涼，J停下來，把S的手捂在自己掌心裡搓揉，兩人相對面，靠得很近極近，心頭熱流抑不住，兩唇相觸。我和銀色月光同證他們吻得輕而情重。

交往日深，女孩才知男孩有過一段情，愛得轟轟烈烈，欲生欲死，而男孩也知女孩性情率直，積極勇敢，而且還是一位基督徒。法網恢恢，情網亦然，兩人再有矛盾爭執，都已逃不開對彼此的認定和愛慕。

J所想不到的是，S把她的信仰帶入他的人生中，進而澈底改變他的一生，日後使他成為一名神的僕人，宣道於各地各城中，幫助了許多迷羊回到神的家。原來，這偶像劇一般的相識相戀，背後隱藏

J和S攝於華盛頓特區。

著一位全能寫手。「是這位主宰者早安排了這一切啊！」我飲完最後一口咖啡時，仰天充滿感謝。

該起身去美術館了。

美術館距離大學頗近，白馬才起步不久，就到了。離開館還有一個多小時，我便在館外走走看看。

這是我衷愛的大師建築作品，一九六八年建成，混凝土幾何圖形，大方大塊錯落壘砌，像一座極大的雕塑作品，簡潔沉穩大氣，似有太極運行之風。難怪乎，這座美術館被譽為：用於收藏雕塑的雕塑，用於展覽藝術的藝術品。

開館，惟我一名訪客。入內，最先感覺的是空間裡的光。光，造物者曾說：「要有光，便有了光。」建築師懂得光的偉人，懂得把建築交給光，讓光自己來設計，他只是激發靈感，與之共舞。

館內最受矚目者，乃中庭那座剛勁有力的混凝土樓梯，螺旋而上，連結二樓展示廳。這是「館裡最出色的雕塑」了。我在那裡上上下下，盡情沐浴於光中拍照，也在光中傾聽宇宙

美術館廣場有方形大水池，以及雕塑作品。

造物者及人間造物者的對話。

回程，白馬似知我心情，調動U盤，既有朱老師所寫的聖歌，也有我所寫的新詩。又是薄暮黃昏，我回到自己的城市，看見四隻浪貓正等候我來伺候他們。

美術館中庭最令人矚目的螺旋狀混凝土樓梯，連結二樓的展覽廳。

輯二

道可道

抹滅和撇棄

我的一位四年級學長喜歡用「深刻」來形容對事物的觀感。當他決定用深刻一詞的時候，眼神炯亮深遠，表情凝重莊嚴，像復活島的巨石像那樣使人敬仰，而不能追測。

後來我私下問一位五年級學姊，什麼叫「深刻」？她靠著書架，以一種成熟的磁性音色，告訴我——「深刻」太抽象，倒不如說「不深刻」吧，不深刻就是容易抹滅。

大概六年級以後的人都不深刻。不知「不深刻」跟「反骨」有沒有關係，好像反骨的人可以創造深刻吧。丟棄反骨，追求安逸，或者直接躺平，彷彿已是時代大流。即或在海外也一樣。似乎再也看不到白天讀書，晚上打工洗盤子的留學生了。

如J，我的同班同學大學畢了業，去英國念書，住單人套房，拿了碩士回台灣做事。做一做沒趣了，又回英國念書。出國讀書一念之間可以完成。還有一位同學，在德州休士頓，

潮浪。（董石樂攝影）

一下飛機便去買一部汽車。噗噗，他說，沒汽車在美國怎麼過活?!問他打不打工？不打，反止有好幾張信用卡。這是否就是我們寫不出深刻雋永的《陳之藩散文集》或《麥當勞隨筆》的原因？

我們在城市間旅行，有點晃蕩。需要慰藉時，看著別人泡美眉或把酷兒，只要遞一個眼神或下載一款APP，即可互通連結訊息，連調情都不需要，著實令人心生佩服。我們在人類幾千年最重要的主題曲上，活生生地失去調情的深刻，戀愛的深刻，撲朔迷離的深刻，以及，至死靡他的人世的深刻。

這麼說，在大流之外的人就會比較深刻？也不見得，他們更多是被撇棄了而已。（誰在撇棄的被撇棄之外，誰在容易抹滅的被抹滅之外？）而我感到，訊息洪潮中，連被抹滅的記憶都容易被抹去的時候，就生出一個末日的不深刻的年代。

去年花

1. 煙

唐燕點了第二支煙，看著對街咖啡館，吐了一口煙出來。那吐轉出的煙怎麼溼答答的，像透明膠水沿騎樓下的廊柱順勢滑落。車水馬龍，台北的冬天陰冷得很。她在等人。不，人在等她。也不，等她的人還沒有來等她。她早到了，有意的，或無意的，總之人站在這裡了。像還沒有定準的收音機電波，有聲音，也聽不出什麼聲音；人轉動著頻率，她轉動著她的心。

是事情來了，走到必須面對的地步。她心底已擬好腹稿，但這畢竟是談判，她是否真有籌碼？她又抽一口煙，很有一會兒，才把這煙緩緩吐出來。都說往事如煙，她看著這煙溼黏的，煙不像煙，逝散得很不乾脆，「倒不如斷了吧！」她抿起嘴。每當不知所措時，她就抿起嘴，像要鎮住自己的軟弱。

夾香煙的手上一只戒指都沒有，這使她非常心虛，站不住腳，似乎她才是來無理取鬧的。如果連理都不在她這邊，她還能說什麼？她的心又被自己戳破一個洞，流出青黃色、苦苦的汁液。那是她青春的全部。花樣的年華，果實晶瑩飽滿，本是釀得那麼陳，那麼香，那麼厚道，如今不過加了一個名字，酒汁就成了糟糠，色味全變。

那個加進來的名字叫小雯。二十初頭，百貨公司電梯小姐，那套制服穿在她身上，可比某家空服人員，有自然的曲線美。「小雯（蚊）？一隻小蚊子算什麼！」剛開始，唐燕還頂看不起這女孩，將她比作小蚊子。殊不知，蚊子小，還是有毒的。什麼毒？迷毒。蚊子有迷毒嗎？不，她也知道，從來只有被迷的，沒有迷人的。「早知道這麼毒，一掌打死算了！」偏偏打不死，毒性注入，人的思想有癮頭了。

這樣，她憑什麼來面對小雯？

人說，若只能向上帝求一件事，你只能求智慧，因為力量不在武器上，也不在人的手上。可惜，世上求智慧的人不多，有智慧的女人更少。她是屬於那多數中的女人，有貪嗔癡一切妄想。瞬間，她像跌入苦海一樣，載浮載沉，抓不著一個施力點。她感覺自己那樣輕，比空氣還輕，立時要飄走似的，隨風吹逝——啊，原來真正的煙是她！

2. 心河

醫生說：「妳懷孕了！」李華乍聽，吃了一驚。

孩子的爹是老金，連老金也吃一驚，心底卻歡騰起來。老金其實不老，只是人長得醜小，不修邊幅，說髒不髒，說臭也臭，看去有點像老頭，所以叫他老金。

老金不知哪來的，一日出現在這社區，在一所小學門口租了店面，開零食文具店。四十歲仍單身的他，由於條件不好，但有穩定收入，很快被李華的母親看上，自己作媒把女兒嫁出去。婚前就說清楚，這女兒體質不佳，不能生。

李華不能生，算不算她人生的不幸？十幾年來，她的子宮像汪洋大海，任千萬隻魚優游過、徘徊過，而懷孕的消息卻始終都像被另一隻更大的魚所吞吃一樣，無影無蹤。如今她不禁想，如果那時候，她和阿忠有了孩子，他們大概會結婚，他也不會愛上別的女孩。

後來她發現，許多有孩子的婚姻一樣保不住，小孩不是牽住男人的繩索，有時更是沉重的累贅。那若沒有小孩，阿忠也無愛上別的女孩，他們的愛情會不會像青春烈火一樣，永久燃燒下去？她告訴自己，應該會，但誰來保證？青春餘額有限，全年無休自動扣款。時間，像雨直落下，迸出不確定的水花，把他們推向家庭的責任、社會的壓力。他們是面臨了危機。

女孩以第三者出現，果真扭轉李華的一生。很難說誰先招惹誰，尤其是李華還在，阿忠和小三各有所顧忌。惟不知，念成為勢。念頭動了，哪怕是像隻蝴蝶那樣輕輕搧動一下翅膀，也能叫慾望張揚成勢。勢不可違。意念交火，大水發起，肉身是戰場。李華說，那三人行吧。

一張床，兩隻枕頭，三個情念複雜的人身。

然而愛，是永不敗落的專制帝國。至終被迫離開的，只能是李華。那十多年的美好青春，相濡以沫的摯情，吹灰一般抓不回來，說去就去，連一行悼詞也不會有。

命運也諷刺，她身懷六甲去探親時，竟在路上遇見阿忠和那女孩。阿忠依然那麼瀟灑，那麼英俊，那麼頎長，只有鬢邊多了一綹灰白。都說情似東流水，她信不來，見了他，仍像少女懷春飛過一絲紅潮，有點心悸，有點妄想。又見那女孩成了少婦，抱一個足歲小孩，她想，兩人肯定結婚了。又想，怎說婚姻是墳墓，那也是堡壘，理直氣壯的主權擁有。
是啊東流水！只有心河向西流，能回到那溫柔的開始呢。

屎記

人多半不愛屎，可是人人有屎。

似乎生命層次愈高，屎愈多。沒聽說獅子、鯨魚、老鷹有耳屎或鼻屎，只有人有。換言之，人可以睥睨所有生物，有一特徵，就是屎多。

但是人見了屎，臉色總是不悅，避之為恐不及。噁！於是討厭一個人，就叫他去吃屎。見不得人好，就說他走屎運。見人擺臭臉了，就說他「結屎面」。厭世了，也就說自己人生像坨屎。屎若有原罪，就是一個字，臭。臭豆腐臭而不臭，可是屎就是臭。臭了到底。

狗又忠心又可愛，可是狗愛屎。狗改不了吃屎。狗想，屎既出於我，就屬於我。我吃，故我存在。

古時候，作田人也愛屎吧。他們把屎叫作肥水。肥水不落外人田。有肥水就有錢，就能活下去。好比說，我阿嬤生於前朝末年，夫君外遇後，拋家棄子，她就找了一份工作，幫人施肥。她瘦小身軀扛起兩桶肥水，用小腳走十里、二十里，一勺一勺給菜圃施肥。日日勞作，落下一身腰椎骨疾病。

她用屎養大四個孩子。

據說印度人也愛屎，他們用牛屎糊牆，也作燃料。把屎還歸於天地。猶太人耶穌生於伯利恆路旁，然後被放入馬槽，他還沒喝奶，可能就先聞到馬屎。他是就著屎味喝了奶，日後長大，成為救世主。

都知道了，印尼人給麝香貓餵食咖啡豆，豆子被消化道「烘培」後，從肛門拉出一條咖啡屎來，成了舉世飲品新貴。一隻貓一天拉三、五條屎（三條屎夠煮一杯咖啡嗎？），如此，咖啡屎又成了稀有物，價格不菲。壯哉！真有人願意買貓屎來吃。

凡走過必留下痕跡，不見得是說腳印，更可能是說屎。老鼠屎，蟑螂屎，鳥屎。野生動物學家識屎甚多，他們可以辨認百種千種動物屎樣，可惜我不能。有一年，我在巴塞隆納旅行，住市區民宿。巴城美極了，人美，食物美，文化景致皆美。一日，我出門下樓，見階梯中央有一坨屎。很大一坨。而且形狀完整，粗又飽滿，質地綿實，一圈疊一圈，新鮮出爐。

我看來看去，有兩個問題，第一：這屎從何者而出？是獒犬？是駱駝？是大灰熊？還是人類？我極力想辨識，卻辨識不出。第二：為何在這裡拉屎？是以上動物不懂人類禮教所致？或是某人內急太甚，不得不然？又或是某人想表達抗議和憤怒，故意為之？十月晴好日子，我晃遊一天回來，見大屎還在，這時又有第三個問題——

整棟樓只有我看見屎嗎?!

見屎見蒼生，為政者或革命家當有此情懷。若有一天，蒼生不再拉屎了，人民不再擠糞坑了，很可能說出三種情形，一是沒有東西吃了，二是身體病了，三是全死了。幾十年前，中國大地上有饑荒，人畜肚皮乾扁，那時死屍一定比屎多。蒼生無屎，眾生見屎不得，不知所有蒼蠅是否都飛向中南海？

我去過中國四次，時間在二十一世紀，雖然都是造訪大城市，但還要說，中國變了。小說家陳述餓莩往事，已然很遠了。新中國富饒了，豪派了，進步了，你看都到5G了。這樣的中國，再換個說法，就是屎多了。十四億人口，能吃會吃，年年有餘，屎多得不得了了。

富強在於屎，誰說屎一定是髒字？

我對新中國無所貢獻，只有屎。先是吃壞肚子，腹瀉挫青屎，後是自己掏屎——不是說自己動手給自己掏屎，這誰也做不到。是借宿友人家，友人返鄉，他信託我，把家交給我，可是馬桶壞了，水沖不走屎，我又非常自愛，不願友人回家後，發現我留下數條黃金饋贈他們。

於是，我動手了。

我看見屎浮沉在水中，那時我責在動用不了想像力，因為怎麼看都是屎。好吧，就是屎。深呼吸，挽起袖子，下手到水中，一把、兩把，將屎掏出，置於舊報紙中（我真害怕那份報紙上有習大大，但是怎麼可能沒有他呢？就像今日美國報紙怎能沒有川普，台灣報紙怎能沒有蔡英文），層層包裹起來，再放入塑膠袋（好像在處理核廢料喔）。我怕異味（或，輻射線）流出，又將塑膠袋塞入大垃圾袋中，然後當晚就發送出去，棄於社區大型垃圾箱。

到此，我才算鬆一口氣。但是，明天怎麼辦？明天我還要貢獻呀。每一天，我都要貢獻呀。是啊，明天復明天，每一個明天相加，就用屎堆加了年紀。初老之後，我突然留意一件事，也就是屎。

人說，排毒就是排屎。又說，人要不老，腸道要好。於是，我努力注意飲食，調節情緒，多喝水，儘量保持運動，然後等待每日平安出屎。沖水前，總得回看一眼，色樣如何？質地如何？形狀如何？（好像到印刷廠看樣張喔。）確認了，好，可以沖（印）了。若有一日不出屎，我覺得還好。三日不出屎，就覺得有事了。五日不出屎，代誌就大條了，準備打電話了。

事實亦不遠，我有一隻貓，視同為家人親人，甚至視同為自己。她有一個毛病，就是不拉屎。試過各種妙方偏方，依然三日不拉，五日不拉。每日看八回、十回，砂盆始終無屎。床底下、沙發底下也空空如也。不拉屎會死，命在旦夕，這隻貓我不要了。

打電話給收容所，你們要嗎？

那方回應說，牠快死了，送我們這裡也是死。

我要你讓牠活，不讓牠死。

沒辦法，到了這裡，牠就得死。

只好打電話給動物醫院，掛了急診，醫生說浣腸吧。

清了一肚子屎，收費美金一百二十刀（dollars）。一週一次，這樣真養不起了。突然就想，動手吧。不錯，就是用手。我成了掏屎人，兢兢業業，已有八年。時光荏苒，貓還在，我們相親相愛如昔。

只是每次掏屎，手從後門進出，不經意都想起朋友說到一件事，既好笑又悲哀。是有一天，朋友對伴侶求愛，他使了壞壞眼色，意思是再走那條路吧。說著，就放下啤酒，目光如火，身體燃燒了。伴侶說，不好吧，今天肚子不太舒服。但是朋友褲子都脫了，他存僥倖心態，一意進攻。果不然，有事了。朋友說，一朵菊花成了一朵屍花，異味開放。金槍上寫出了青「史」。

我們聽完笑歪了，他則一臉悲哀自嘲。

可是說到掏屎，也有感人回憶。彼時，我們兄弟姊妹四人，同房睡在一張通鋪上，常常一塊玩鬧；也彼時，我們（尤其是我）都愛上了楚香帥。楚香帥有一招彈指神功，取一小物從指間彈出（這時電視總有特寫鏡頭），如擊射一發子彈出去。彈無虛發，招招精彩，香帥神色飛揚。而我們，也有彈指神功。

我們從鼻孔挖出屎來，屎塊或乾或溼，用手指搓一搓，就是一丸子彈。「看！彈指神功。」彈屎者咄咄逼人，中彈者無不又驚又叫又逃。就這樣，我們屎來屎去，也哭也笑，直到彈盡援絕。

回想那些年，當自己能用手挖出鼻屎時，好像也開始發現了自己。原來我有這個啊。後來又說，原來我有那個啊，這是什麼呀？我們用手摸索自己，也開發自己。一路走來，不幾年，就都長大了。那張通鋪還在，現今成了客房，看起來很小。童年很小，小到彈指之間可以相見。

說了這些，自然還想到了耳屎。父親，用任何標準來看，都不是好父親。他賭博，抽煙，喝酒，嚼檳榔，吐髒話，罵三字經，學經歷不佳，財力不好，背景不深，身體不壯，半夜經常不歸。我內心怨過這個原生家庭。他與我們，彼此並不親愛（恐怕也不知如何親愛，因為他未曾有過父親），但是，他會幫我們掏耳屎。

總是午後，也像是暑假，某日他從市場回來，身體清洗了，就和我們都在客廳裡。他喚我們來，在我們眼前抽出一根火柴棒，擦火，火柴頭趁燃燒之際，用火柴盒壓彎，做成一支耳勺。他只穿內衣坐在藤椅上，我們則坐在磨石子地板上，側臉俯臥於他身上。他藉日光作燈，一勺一勺，幫我們掏出耳屎。掏完一耳，換另一耳；掏完一個孩子，換下一個孩子。

我記得，他很細心，他很溫柔。我記得，那一刻，我們很近很近。近到頭和身體貼在一起。近到彼此又安穩又安靜。近到彼此氣息一致。近到以後才明白，那就叫作懷抱。是啊我記得，那一幕，永遠有陽光伴隨我們，也只有陽光。無聲勝有聲。

再以後，我們長大了，他不主動，我們也沒有請他來掏。反倒是大妹，一時興起，用金屬細耳勺幫我們掏。她以桌燈為光源，我們俯在書桌上，讓她掏出陳舊耳屎，一塊塊，一片片，或者碎渣兒。

又以後，父親過世了，大妹嫁人了。父親過世前幾年，母親抱怨他說，洗內褲時常發現一些屎跡，真髒。我想，又不是小孩了，為什麼有屎？這個現象代表什麼？彼時，我們都沒有去追究。但是這件事存在我心裡，匆匆也有二十多年了。我們對不起他。

母親愛乾淨，日日做整潔，她容不下髒東西。她把大妹送到外婆家養，直到上小學時才接回來，理由竟然也跟屎有關。媽說，她太難帶了，咬我乳頭，愛哭又愛拉屎。聽了這句話，我怔忡了一會，無言以對。我知道我有些悲傷。大妹日後與母親從來不親密，甚至常有怨懟，何人去分說？都說血濃於水，大妹並不見如此。她出嫁成了富貴人以後，與我們若即若離，表現喜怒無常。我們有時忍氣，有時衝突，有時和解。

如果她當年少拉一些屎，情況是不是都不同了？我輕輕嘆口氣，這樣想。

當然這樣想並不對，嬰孩怎麼懂得憋屎呢？我記得有一次，也只記得這一次，我憋不住，站著就拉屎了。那是上幼兒園之前，父母出去做生意，我白日都去阿嬤家，和她在一起。阿嬤那時候不挑肥水了，她和我坐在門前曬太陽，縫衣服。我有時候跑出去玩一會兒，玩什麼呢？不記得了。卻記得那一日，我穿一件吊帶短褲，拉著小妹在外面玩，突然來了便意，好像拖了一會，才覺得應該回去找阿嬤。

阿嬤，我要大便！

阿嬤去拿便桶時，我已經憋不住，自自然然把屎解放了。阿嬤見我放了屎，要替我收拾，自然也數落我。小妹站在旁邊傻看這一幕。啊，不知道為什麼，這些事想起來都很明亮，有燦爛光影。

就學以後，我時常忘了自己有屎，也不覺得需要拉屎，甚至有時候，我看自己很清新，很乾淨。再不會憋不住就地拉屎了。直到入伍以後，我才知道自己錯了。那一年，我們下基地訓練，那時人在野外，訓練很嚴，我這菜鳥很菜，可是我突然想拉屎。

屎意非常強烈，前所未有。我知道這下不好了。怎麼辦？不可能拉在褲子裡吧。我心急如焚，覺得糟透了。形勢已經不可不發了，我只有找縫，見縫鑽縫。上天垂憐，終於有縫，我跟鄰兵知會一聲，就往草叢內奔去，脫了褲子，一秒內，屎軍全數殺出。

得救了！我如釋重負，幾乎想哭。

我發誓今生永世，再不要在野地拉屎了。只是已有一次，我像個化外人，把屎留在大地上。沒有用沙用草去掩蓋，只讓風吹乾它，讓日頭烘曬它，讓土地和植物和微生物吸收它。

身為人類，我留下這道痕跡，證明了我來過。

我們都來過。

眾生伴隨屎而來，也寫下一部歷史，這樣不如就叫它屎記吧。

逃跑計畫

我都想好了，先把相框從牆上取下，相紙抽出，放進黑膠袋裡。這些攝影作品都是我朋友拍照、沖洗給我的，彌足珍貴。

有些買來的畫，尤其那幅古日本花鳥圖，若能賣回古董店，得好價錢，也就賣了。若是不能，就詢問幾位較富有的朋友，看他們願不願意收購。再不然，也帶走吧。

有些色澤溫潤、造形別具氣質的瓷器也帶走。

書，有那麼多，只揀幾本吧，沈從文、汪曾祺、北島、木心、金宇澄。《聖經》也帶走一本，最老的那本。詩歌也帶最老的那本。至於我曾為它寫前言的那本，就不帶了吧。攝影集《kyoto wandering》，舉世孤本，必帶。對了，ＤＫ旅行書《PARIS》也帶走，上頭有明星 Louis Garrel 的簽名。Time Life Books 出版的整套《THE GOOD COOK / TECHNIQUES &

RECIPES》和《THE GREATEST CITIES》，好不容易收集齊的，也想帶走——但，做得到嗎？

ＤＶＤ也帶走一些，李安、侯孝賢、蔡明亮、《夏天的故事》、《慾望城市》、《六人行》、《悲傷草原》、《霸王別姬》也就夠了。衣物自然也挑些好的，其他的都送出去吧。

家具勢必帶不了了，如果連同房子一起賣掉，倒是好的。不然，就舉辦一個搬家大拍賣（moving sale），可得一點現款。

能賣的賣，該送的送，必須丟的就放進資源回收桶。（萬物都有回收的可能，包括時間。寫作就是對時間的回收。）二十年，一個人累積了這些東西，不多也不少。真捨得下？不。等到下手整理的時候，說不定會多塞一本書，一只杯子，甚至一條毛毯。

到了不能不捨的時候，理性還是壓倒感性的。我絕不能像《Into The Wild》（荒野生存）的主人公那樣，捨得一乾二淨。那樣的他，到底得了什麼？身心的大解脫，大釋放，大自由？在我看來，他只得著一死。荒野中，他變成了一隻最柔弱、最沒有本事的動物。即或如此，當初觀影時，他在阿拉斯加存活的孤影仍然震動了我——是如何才有這樣的勇氣?!後來，我買了書和ＤＶＤ收藏，決定也一併帶走。

帶去哪裡呢？

我都想好了，兩件行李上飛機，兩件箱子託海運，先帶回老家。就這四件，終結我在異域的二十年。等到了台南，找到租房後，再把行李帶去。蘭花有根，我選擇在台南過下半場。

這年紀這樣任性，不危險嗎？是挺危險。所以我必須有錢。賣出還有二十七年貸款的房子，可以有一筆小錢。用這小錢作基礎，我勤儉度日，各方節制，也許能活一、兩年。這兩年裡，我找點小活來做。這樣，我盡可能維持最低限度的生活水平，說不定可以多活十年。

若有一日，我貧病交纏，必須仰賴人的慈悲才能存活的話，就表示我的命走到了終結。我萬萬不要人來照料的。只要有自理能力，我對生命的尊嚴就還有一絲堅持。看那些腿殘還能奮勉奔跑的動物，看那些五體不全還能娶妻生子的超人，就是我還有一口氣撐下去的理由。

病了，死了，化了，所有生命皆然。我怕死，又不怕死。我還不能坦然透視死的問題——即或它無時無刻不在。說真的，我，如果可以不死，我仍會愛戀人間俗世，又渴望心靈自由。

我都想好了，我就是以自由之名，決定離開這裡。離開一種氛圍，離開一種面容，離開一種白色諷刺。好比說，宗教。有些口口聲聲離神最近的人，同一秒鐘，也可以「證明」他是不要神的，他是否認神的，他是只愛自己和手上的權力資源的。燈下最黑。

在某些政治生態中，人猶可吶喊抗爭，但在宗教裡，人幾乎是自動噤聲的。人一面尋求神的宏恩，脫離罪惡之鎖鍊，一面又用「一致」來壓抑自己，也壓制別人——對這些人來說，這裡「只有」一種聲音可以被聽見，這是無庸置疑的。

千萬阿們聲音雷鳴，莊肅虔誠意識籠罩，宇宙和諧。有的人見到了真光，有的人得到了啟示，有的人認了己身罪汙，痛哭流涕。阿們聲音一歇，心平淡下來，該貪婪的一樣貪婪，該背叛的一樣背叛，該排除異己的一樣排除，該爭奪權位的一樣爭奪，該老死不相往來的一樣通通視而不見。神愛世人，耶穌是仁慈的，否則不能愛這樣古怪的一班人。

耶穌帶門徒上變化山，那裡有明淨的天，有新鮮的空氣，是人間聖境，是進入無限自由的一刻。但是下了山，門徒們爭誰為大，心裡想的是誰坐在王的右邊和左邊，耶穌卻面如堅石，走向耶路撒冷，被定死罪，上了十字架，流了血，捨了命。他死了。

他人即地獄，宗教的他人會不會比政治的他人更可怕呢？至善又至惡，至真又至偽，至潔又至穢。最崇高的又是最墮落的，最美麗的又是最不忍卒睹的，最感人的又是最可羞恥的，最給人希望的又是最叫人感到絕望的。

到底有沒有神？

天凜凜，神在大山懸崖的邊上，神在又清楚又曖昧的邊界上。神，在一念中的半秒之間，可以復活，可以滅亡。哦！我要呼吸，我要暢快又平靜地呼吸自由清新的空氣。

偉哉，自由！言論自由、出版自由、遷徙自由、信仰自由，以及沒有恐懼的自由。但是，代，這位美國名校學生，在我禱告謝飯後，第一句話就問我：「如何聽到神的聲音？」又說：「活著有什麼意思？生命有什麼意義？」

他出身富家名門，衣食無憂，開好車，住好房，學業成績優異，人品也好，連人也長得挺拔俊朗。他身在自由國度，擁有自由身分，可惜，他覺得不自由。他困在所謂的「意義」裡。

自由到底在哪裡？

我都想好了，這世上沒有一個地方是有「自由」的——因為你離開了，又離不開。我的意思是，你離開了這一個，就離不開另一個。好像沙灘的寄居蟹，丟了一個殼，只會去找另一個殼。牠必要寄生在一個殼裡。

寄生於世，大抵就是所有生命的寫照。活下去，就得寄。沒有生命能自己完整。每個生命與生俱來都有寄託。

好比說，寄託於土地。離開了此地，我只能去台灣。我必須尋求另一塊土地。離開了一個鄰居，我會有另一個鄰居。離開了一個群體，我會有另一個群體。離開了美金，我會倚賴新台幣。幣值交換，錢永遠是錢，億萬人的一切都寄託於錢。

又好比說，寄託於空氣，雖然天空已經破了洞。寄託於水，雖然千百條河流已經遭到汙染。寄託於領袖，雖然每個總統所高唱的夢與希望，常常都會變成幻影。海洋死了一條鯨魚，肚子裡有八公斤塑膠垃圾。奈良死了一隻母鹿，胃裡面有三點二公斤塑膠袋。太平洋荒島上數以萬計的信天翁也死於誤食人類所拋棄的塑膠垃圾。

家門外一對長尾藍鳥，約半年沒有出現了。科學家宣布，在過去的一年裡，有三種鳥類確定從地球上完全消失。而以目前的保育速率看，地球正以物種自然凋零速率的一千倍至一萬倍，失去不同物種。誰把綠蠵龜產卵的家鄉變成了飛機場？

北極熊餓了，京城霧霾深了，族群仇恨擴大了，核彈出爐，殘酷世界大戰一觸即發。黑雨下遍全世界。雲撕裂成悲情島嶼，謊言片片。影音暴力串連汙水，真假混淆大放送。超級細菌誕生。看得見的可怕，看不見的更恐怖。人類所製造的恐懼正在噬滅自己。

有神，找得到神嗎？

神把征服全地的力量交給人。而人，又將自己寄託何物？代，他敏感又纖細的心靈不斷衝撞自己。他才二十二歲，青春紅火火，已經看透人生，「也就是這樣啊！」不錯，他豈止一次，他是多次想結束自己，只因為他也困在所謂的「身體」裡。

脫下了這身體，會不會更好？

我都想好了，這世界就是一個巨大的囚牢，連自身攜帶的肉體煎熬與病痛也是囚牢。這是命。想逃？不不不，誰也逃不掉。你看那些喪屍電影主角們一貫的動作，就是逃。逃得爆漿爆血，橫屍遍野。再聰明的頭腦，再強壯的身體也敵不過一株比螞蟻微細一千萬倍的邪魔病毒。面對魔人，誰不膽顫心驚？面對活人（我不也是其中一個）一樣冷暖現實，打壓吞食。

逃？不不不，逃到天涯海角，逃不出地心引力。孫行者騰雲駕霧，時速千里，咆哮翻滾，到了頭還攥在尊者掌心。那就毀了身體吧，只要斷了命，也就自動斬了牢鎖，絕了刑期，真正釋放自己。不不不，毀了身體，連靈魂都有審判台，有十八層地獄等著。

無處可逃。

未得，就逃不出患得。既得，就逃不出患失。有了夢，就逃不出想像。有了國，就逃不出邊界。有了感情，就逃不出羈絆。有了愛，就逃不出目送的喟嘆和眼淚。世界這麼大，眾生逃不出吃喝拉撒睡。逃不出膚色，逃不出精奧的指紋，逃不出母語的舌根。

我逃不出責任。父親走了，體弱半盲的母親是我的責任。然而在此地，我還有一隻貓，已經伴我十載。我是她的倚靠，她是我的安慰。我們相親相愛。她也有病，拉不出大便，必須專心伺候。為了母親，我願意作牛作馬。為了貓，我甘心受縛受綁。

跟代一樣，我也有放棄的念頭，但我也有活下去的想望。我竭力在汙濁的空氣裡吸取一點純潔清逸的氣息。如同也站在大山懸崖的邊上，與神同行。與自由同行。

《舊約・詩篇》有一段頂叫人無奈又感欣慰的話：

我往哪裡去躲避你的靈？
我往哪裡逃、躲避你的面？
我若升到天上，你在那裡；
我若在陰間下榻，你也在那裡。
我若展開清晨的翅膀，
飛到海極居住，
就是在那裡，你的手必引導我；
你的右手也必扶持我。

原來我，我們，一直有神。以馬內利，就是神與我們同在。而眼前，我的神正以艱難給我當餅，也把花香鳥語給我；以困苦給我當水，也把湖泊美景給我。我開車穿越平原，也逍遙快活。我飛越山脈海洋，也遇見美食，邂逅美人。暴雨如瀑，也見日頭，雲淡風輕。暴雪來至，嚴冬漫漫，也擁抱春暖人間，生機蓬勃。

耶穌曾對信他的猶太人說：「你們必曉得真理，真理必叫你們得以自由。」而有一天，那容易提問的多馬對他說：「主啊，我們不知道你往哪裡去，怎麼知道那條路呢？」兩千年後，地球依舊在轉，世人一代又一代活下去（看哪！那繁衍的力量從會朽壞的身體裡湧出來），卻少有人再問：什麼是真理？什麼是走向真正自由的那條路？

世道浮塵滿天，我仍然同意許赫說的：「我們都是生活的囚徒／在世界巨大的牢裡／每一天都想逃跑。」（《囚徒劇團》）

對了，我還有一個鑄鐵鍋要帶走。

我都想好了，以此為證。

平安正如水流

平安，兩個字很簡單，很常見。

小時候，母親從民間宮廟求得一方紅布包，要求我們掛在身上，說是平安符，裡頭放著一張乩童拿劍劃舌流血而寫成的符咒。後來才知道，撫育一個孩子平安長大，真的不容易。處處有危險，時時有意外，年年有流感。命，不全然由得人，只能求神明保佑，二十四小時護衛，確定平安順遂。

節日賀詞或紅包春聯，少不了「闔家平安」。烽火連三月，家書抵萬金——因為一顆子彈，或一枚炸彈轟頂，「家」可能就毀了散了。我在土耳其加里波利（Gallipoli）的紀念館，看到一次大戰保存下來的家書，想像「平安」兩個字的重量。

夫妻外遇，家就不平安了。有一個欠下巨額賭債的父親，家也不平安了。有一個不肖子，吸毒鬼混，家中一定鬧騰騰亂糟糟，很不平安。誰做了虧心事，肯定也就不平安。

從前台灣有一部卡通，叫《平平與安安》。一位同年朋友見了我，常親切喚我「平平與安安」，只因我的名字有一個「平」。但我介紹自己，不曾說過「平安」，而是說和平的「平」。現在想起來，還是平安好，因為——

有了平安，就大抵不怕了。

不然，我們總是害怕。太多的害怕，連連串串的害怕，幾乎是人不能豁免的內心印記。女人怕色衰，怕情敵太好，怕流言蜚語，怕老公不疼愛，怕貧病無孝子，怕搶購輸了別人。男人怕沒面子，怕禿頭，怕陽萎，怕事業失敗，怕買不起房子車子。小孩怕長不高，怕父母打罵，怕同儕欺笑，怕學校考試，怕戀愛告白不成。明星怕掉粉，網紅怕不紅。

富人怕被親友借錢，怕被歹徒綁架。窮人怕被看不起，怕明天繳不出房租，付不了學費。寫書的都怕被退稿，開店的都怕賺不到錢，當軍人的都怕兵變，怕長官不合理的要求，怕死的非得其所。作老闆的怕員工，作員工的怕老闆。黑人怕白人，黃人怕黑人。同性戀怕世界不能理解，怕世人不能平等看待異樣生命的存在。連貓也怕狗咬，狗也怕主人遺棄。

老人怕孤單，怕無人憐愛，怕失去已有的尊崇。斷捨離，手中擁有的都怕失去，一手建立的事業都怕敗退，一生築起的王國都怕傾頹。豪邁變自私，浪漫變霸道，百花齊放變專制橫行。沒有安全感，不平安，所以只能控制，再控制。組織，再組織。壓迫，再壓迫。

統治者多像可憐老人，古來統治者很少不害怕。怕寶座不再穩固，怕子民造反，怕改朝換代。當然，子民也怕統治者。怕苛政，怕暴斂，怕不聞不顧不公不義。歷史似乎告訴我們，統治者愈害怕，愈自私，愈控制，子民就愈苦，愈不平安，愈積怨憤，愈想造反。於是，有鎮壓隨之而起，有屠戮轉眼而來。說不定，戰爭呼嘯就爆發了。

害怕到了極處，必是恐懼。想想，中外歷史有一大半部，都是懼怕本身拿筆寫出來的吧。人類幾乎沒有「不怕」的能力，也沒有「超越恐懼」的天生權利。不怕，是必須鍛鍊的。不怕，是要去爭取的。不怕，更可能是去遊行抗爭才換得來的。

一九五五年，為了不怕白人的欺壓，不怕被濫捕入獄，馬丁・路德・金恩發起蒙哥馬利罷乘運動。一九七〇年，為了不怕政府迫害，不怕世人歧視眼光，燃起了第一場同志驕傲遊行，直至今日。一九八九年，為了不怕文字獄，不怕言論拑制，鄭南榕壯烈殉身在油火之中。二〇一九年的香港，不也如此。

香港人走出來，一個接一個，手牽手連在一起，從海濱連到山巔，從山巔連到城中，從城中連到廣場，然後點亮手機，告訴世人：我們在守護自由，守護法治，守護一個不必恐懼的生活。啊！那些把全島連成一線的光才是真正東方之珠的永恆璀璨之光。

人的生命，終其一生都在對抗恐懼，是不是？

追求民主，說是擺脫專制，其實是在擺脫恐懼，是不是？

沒有恐懼的自由，那就是平安，是不是？

我在聚會中唱到〈平安正如水流〉這首詩歌時，久久不能忘，久久不能自已——

平安正如水流，一路跟隨我；
憂慮卻如怒濤橫湧；
任何的遭遇，你已教我能說，
我魂，你應安息，無所恐！
哦，我魂，可無恐！
哦，我魂，可安樂、可無恐！

這說的不就是從前、今日、乃至將來，所有人最需要、最盼望、最渴求的嗎？後來我讀《聖經》，看見了到處有平安。路加福音一章78至79節：「因我們神憐憫的心腸，叫清晨的日光從高天臨到我們，要照亮坐在黑暗中死蔭裡的人，把我們的腳引到平安的路上。」約翰福音十六章33節：「我將這些事告訴你們，是要叫你們在我裡面有平安。在世上，你們有苦難；但你們可以放心，我已經勝了世界。」

我雖放棄了母親給我的平安符，走了與母親截然不同的信仰之路，但是我所得的平安，一樣是她日夜在神明面前為我所祈求的平安。甚至這平安就在我裡面。有了這平安，我與她一樣，不怕哪日靈魂無處安身。有了這平安，我可以在天地面前，學習愛，懂得尊重與包容。

平安，使我們喜愛美女，也可以不怕「野獸」。

平安，使我們面對地獄也坦然。

年逾七旬的老母親。（葉紹君攝影）

平安，使我們步向死亡也平靜安詳。

貓罹患膀胱癌的時候，我忍不住痛哭。想起來美二十年，這貓簡直就像我的家人一樣。貓把十年的時間給我，那幾乎是她的一生，她用生命的所有成了我在異鄉最親密、最依靠不離的同伴。我們一起生活，一起吃飯，一起睡覺，一起做功課。有貓在，我感覺平安，想必她也如此。

六月病發，七月確診，我們在癌魔的刺網下匍匐前進。我用手機拍照、錄影，記錄貓的每一天，甚至每一小時的身影。她愁，她眠，她撒嬌，她依傍我，都定格在光中，也凝視在我的腦海裡。走過八月，來到九月，我們在生命的劫難中仰望每一天的恩典。平安正如水流，我們在恩典的平安裡，也學習謙卑，順服自然。

貓在這世上只有我一人了，我是她的惟一。我守著她，看著她，陪著她走在這最後一段步入死亡的路上。她苦，我苦。她樂，我樂。她好，我亦好。女作家曾在書的扉頁中題字送我：人貓相安。

安，是平安。

書信末了，我們總是道平安。
平安真好。

尿在水晶爐

1.

小豆子下了台，卸了虞姬行頭如意冠、斗蓬和魚鱗甲，就按多少年老規矩被人揹到張公公的寢殿。張公公是伺候過老佛爺的，餘威財勢仍在，披蒼髮，穿紅肚兜，黑褲，開襟白紗袍子，在几榻上調戲一女子。深宅富貴暗紅，光塵射進半室，氣息邪魅，小豆子初入此境，臉上顯得惶惑，不知無措。

張公公見小豆子來了，立馬轉移焦點，女子也識趣離去。張公公坐著，手放腿上，腳踏凳子，如官爺問道：「今年是什麼年？」小豆子女妝顫顫，答：「是……民國二十一年。」張公公叱回：「不對！是大清宣統二十四年。」

小豆子嚇著了，人杵著，張公公張開手，細聲對小豆子說：「你過來。」

小豆子結結巴巴開口，接著一氣呵成，說：「我要找我師哥，我要撒尿。」

張公公聽不見師哥，只聽見撒尿，突然轉身跑起來，去木抬子上取一個水晶香爐來，興奮地說：「就往這裡頭撒，就往這裡頭撒，你這樣的往裡頭撒，不算糟蹋東西。」說著就把水晶爐放在小豆子眼前地上。水晶爐被光射透身體，好像活了，整個澄瑩明亮起來。

小豆子遲疑一秒，便在張公公面前，動手解褲頭。張公公兩手懸起，他的心悸動著，等待著，高亢著，看小豆子掏出少年人的陰莖，然後一注傾下。尿，撒在爐子裡，濺在爐耳上，迸散一地。

小豆子一邊尿，張公公一邊嗯哼，神色馳迷，情潮升漲。尿完了，張公公的慾念滿滿了，獸性轉換，張爪逐獵，開始追小豆子跑。鬧了一會，小豆子終究掙脫不了，被按壓在榻上，進了張公公嘴裡。

再看陳凱歌《霸王別姬》復刻版，這段戲仍足以攫人眼目，混沌世道中的變亂與真實。舊人活在新朝代，少年已成女嬌娥，閹人著紅兜玩了女人，又包下男人，而這一切，全在一泡尿之後帶進深淵，達向高潮。

「你這樣的往裡頭撒，不算糟蹋東西」，說的水晶爐是寶物，也說的張公公看小豆子的尿比寶物更寶貴。但是，當他們追跑時，鏡頭裡的地上，已經沒有水晶爐——

那泡尿去了哪裡呢？

2.

尿，是催情之水嗎？

成人工廠列出多項分類，顏射，控射，捆綁，鞭打，換妻……其中最匪夷所思的，就是撒尿。見一人坐地仰首，緊閉雙眼，承受「醍醐灌頂」，淋得滿頭滿臉，氣味嗆升。不知是撒尿者快樂，或是淋尿者快活？只是既有人樂此不疲，又能自成一類，必有其樂活之道。我卻看也不看，想也不想。對我來說，那真是大「謎片」。

我怕尿，我吃過尿給我多少苦。

給貓洗澡，抱她入浴缸時，她狠狠在我身上噴一泡尿。抓她進籠子時，她也二話不說，送我一泡尿。她不愛喝水，有時知道我又要灌她喝水，才抱起，一注尿便就地解放。

貓言貓語既不聽，就用尿來說，用行動來抗議。抗議是不被聽見的聲音。尿是武器，黃澄澄而騷臭的攻擊神器。

可是，她安睡時也尿。沉睡了，嘴上鬍鬚抽動幾下，一股暖流就漫開了。她在做夢嗎？夢中被誰折磨而攻擊了誰？或者，夢中已進砂盆？再或者，她根本就是懶得起床？

於是買了一箱又一箱尿布片，只要她臥下處，就墊一張。同床就寢時，她的身下也要鋪一張。午睡時，她躺在我胸腹間，我們中間也要隔一張尿片。天要下雨，娘要嫁人，貓要尿尿，誰能說不?!

鳥立枝頭，飛行空中，屎尿齊發，天地都是牠的茅坑。

如果我是小豆子，我願意在張公公面前撒尿嗎？人生戲本和台詞裡沒有給我的，我應付得來嗎？

3.

全世界最不怕人看撒尿的，是在布魯塞爾的尿尿小童。我往布城市政廣場去的途中，見一群人在巷口中擁擠著，手持相機高高舉起，湊近一看，原來是那個小屁孩在尿尿。

白石牆角鑿成半圓形壁龕，有一華美小噴水池，而那個噴水的，就是立在水池基座上的尿尿小童。童子是石雕的，不會嘻鬧，不會害羞，不會緊張。從他小雞雞撒出的也不是有氨味的尿液，而是無色無味的清澈之水，可是遊客趨之若鶩，爭相與他拍照。

喀嚓！喀嚓！

一注尿牽動人間喧譁，傲然無比。

我內心噗嗤一笑，從人群外圍走開，見巷中有一金髮青年，站在小店窗檯後賣鬆餅和冰淇淋，有一群少女在他面前點食，等他做餅。我想，由他代替小童站在那牆面基柱上豈不更好?!

哦不，那就構成公然猥褻罪了。

只是小童無罪，不然大賣場的大媽也不會讓她身邊的小童站在垃圾桶上撒尿。想起小時候，我媽帶我們外出，途中我想尿尿，我媽第一個反應也是叫我去路邊尿。

後來才知道，小童公開掏出陰莖尿尿是天真無邪，而男人這樣做就頗為複雜了，想是：情何以堪，因為這也是性交的私人工具；或是半遮半掩，因為這也是誰大誰小的面子問題；或是大縱大放，因為這不也是情戲大戰的刺激開場嗎？

都說選女婿，要觀察他晨起第一泡尿的力度如何。力度愈強，愈堅定不遲疑，如山洪奔洩，自然是優等生。若像掛鐘秒針行走，或像停水了旋開水龍頭意興闌珊彳亍而流，就要考慮再三。

假若，當時是張公公在小豆子面前撒尿，小豆子見了會做何反應？當命運最逼近現實時，是否一個故事就可能懷了胎，有了最靈動原形，最不知輕重變化的想像呢？

4.

「你怎麼尿我一臉呀？」

以為是嚇到了，才屁滾尿流，原來感動了，覺悟了，決志了，也能尿。譬如小豆子和小癩子逃出戲班，市上見梨園正要開演，兩人跟著走去看了。由於個子小，彼此輪流馱著看戲。台上盛代元音，霸王登場，何等的角兒！小癩子看著感慨流淚，而小豆子不僅流淚，更是不知不覺撒了尿。

小癩子聞出了尿味，說：「唉，怎麼個意思？你怎麼尿我一臉呀？」

這種尿可以說是高貴的，但人類很少有這種尿。

人類撒尿不意於劃地盤，而是除了生理性的要求之外（若膀胱患躁動症，或用久失去彈性，或遇男性攝護腺肥大，都是很苦的），也有社會性的層面浮現，好比說尿遁。

以撒尿為藉口，是只有人類能用出來的，而且男人用得比女人多。（女人會說：我去補個妝。）說撒尿比說拉屎好，給人去去就回的感覺，因為尿再多，膀胱容量總是有限的。不像屎，有的便祕，有的能拉幾斤，有的不小心帶了報刊去看（現在更是手機不離手，那裡面什麼都有）。

一個人一生會用上幾次尿遁呢？我不知道。但是遁，常連著機巧，本身就是一計。它可以緩解氣氛，鬆開對峙；它也給自己爭取時間，應變出對策；最可怕的，是放一把火，然後叫對方（尤其是兩人以上群體）自生自滅。但最容易出現的，還是己身逃之夭夭，畢竟真的不知道怎麼辦。

另一跟尿有關的，是針對男性而來的一場「革命」。說革命未免太重，但確實前所未有，那就是叫男人跟女人一樣坐著尿尿。這件事在德國做成功了。我到德國，入住民宿，房東是台灣人，介紹環境時來到廁所，就請我遵照字條提示，坐著尿尿。我也住在德國友人家，他們同樣要我學習坐著尿尿。

我真佩服德國男人被「革命」成功了，看他們這麼認真，我也入境隨俗，從善如流（雖然十次總有一次忘了）。一旦離開德國，我又跟從幾十億男人的習慣——是，這不是天性，只是習慣——站著撒。

撒得好，就是對得準，這是人類文明；撒不好，像機槍掃射，這是不文明。文明與不文明，端看男人的尿撒得如何。豈知小童站不穩，老人家尿注軟弱，都不是故意撒不準的——所以，才要你們坐著尿尿呀！

其實男人站著尿尿也是一種社交，有時候兩三個人站著尿，談著話，某些心結就輕描淡寫解開了，某件生意可能在拉上拉鍊時就談成了，也有某些曖昧情迷的眼神就確定了，可以進行下一步。

但張公公看小豆子的眼神從不曖昧，他是明目張膽要吃下這顆小鮮豆的，那一刻他就是霸王，著紅肚兜的霸王，最虛幻最真實又最可憐的霸王。

5.

帶年近七十的母親出門，她換好衣服，包包準備妥當，總問：「那裡便所有方便嘸？」我答：「有。」因為這裡是台灣，捷運站、公園、百貨商場都容易找到廁所，何況語言無礙。

二十世紀末，我第一次出國，去了巴黎。那是冬天，二月。巴黎是何等偉大城市，數不盡的人物，看不盡的風華，講不完的電影。也忘不了每日透早出門，空氣清冽，風中飄逸濃醇可頌麥香和奶香。可問題是，人一到冬天，就尿多。行前讀了書，做了功課，就想不到還有溺尿問題。

一面走在歷史與現代中的巴黎街區，飽覽生活世景；一面縮著脖子感到尿意來襲，而必須忍著尋著想著借廁所的英法語用詞，好像眼前巴黎都貼上一紙淡淡無痕的浮水印，寫著：「想上廁所，怎麼辦呀？」幸好那是年輕有力的膀胱，一路總算沒有漏氣。

後來，同年夏天，又去一次。那是隨團陪同社會大學出去學習。有日行程，我們要搭高鐵（ＴＧＶ）到亞維儂。早晨我喝了咖啡、果汁，也吃了可頌、優格。到達車站候車時，有學員去上廁所，我也想上，但我又有莫名的「責任感」，覺得應該守在原地，作集合中心點——畢竟我有一顆年輕有力的膀胱啊。

終於上車了！高鐵總有廁所吧，是的，有。我也找到了，但是門——打不開。問了穿紅制服白襯衫的美麗乘務小姐，她面無表情答一句話：「車開動後，門才能開。」哇咧，這怎麼辦？我是該下車跑去車站上廁所，或是在此等候車子開動呢？

膀胱透過各路神經線，頻頻發訊號給我，從藍色提醒，到黃色警告，到橙色警戒，到紅色危險，到赤紅色極度危殆。頻率一次比一次快，強度一次比一次大，我受迫非常，幾乎難以承受——

天啊！

快請張公公給我拿一個水品爐吧！

6.

有段時間，我很愛尿，不是愛撒尿，是愛看貓尿尿。之所以愛，是因為貓不尿了。貓病了，膀胱癌，只尿血，不尿尿。

無尿無命。

我多麼懷念她往我身上撒臭尿的日子。

7.

尿跟屎一樣，因為臭，都被用來糟蹋人鄙夷人。Piss off，就是叫你滾蛋，看你心煩又噁心。撒泡尿自己照照，配不配呢？算哪根蔥哪？

少有人把「尿」銜入名號，但周星馳的《食神》裡就有，瀨尿牛丸。牛肉用手刀打出Q勁，裡面塞冷凍蝦汁，那蝦就叫撒尿蝦。果然牛丸一口咬下，蝦子本色還魂，噴得人一嘴「鹹尿」，卻說鮮甜富腴。

不是嗎？人是吃尿的。喝早晨第一泡尿，據說有治病功效，連明星們都承認自己正在喝。但我打死不喝。除非某日，我受困於無水之處，或在無垠沙漠中迷了路，或被綁架了無人聞問，而那時候，我尚有一絲求生意志，才可能喝上一口。想想，我不也舔過汗水嗎？汗之所以異於尿者，幾希矣。

8.

小豆子的那泡尿去了哪裡呢？

看張公公神色馳迷，物我不分，容我臆斷——

是他喝了去！

流淚的人

天暗了，街招的燈牌像從催眠中被喚醒一樣，睜亮了眼睛。（道路無論何時都像充了血，擁擠著許多大車小車，和來往行人。）也有的街走進去，像進昏黑不明的電影院。他們的店面冷著臉，今天休業。從玻璃門外看去，屋內黑了前半段，只有後半段火亮著。一台平面電視掛在牆上，有兩個小身影在卡通節目前跳鬧。牆後是一間房，再後面是廚房，透過走廊可見一女子在煙氣中專注翻動鍋鏟。

我已經進門了，感受到一股熱烘烘的鑊氣菜香。沒人發現我，我就喊了一聲。廚房裡的女子在抽油煙機的攪動中聽見了，隨即叫人給我遞托鞋。女子叫的是她年紀最長的孩子，一個嬌柔又活潑的女生，五歲多。

我自己拿了拖鞋穿，又喊兩個小孩名字，他們看我，一個笑，一個不笑。我看客廳茶几上鋪了報紙，已經擺出好幾道菜，滷三層肉、破布子蒸鱸魚、炒芹菜豆干花枝、蒜頭蝦，還有一鍋蘿蔔貢丸排骨湯。

我問小孩：「爸爸呢？」

小孩有些靦腆，用手指著說：「在房裡。」

隨即他們的爸爸出來了，是一名身材頗高又結實，下半顱剃青留著短鬈髮，大眼睛，臉上有些痘子的青年男子。他喊了我一聲，就問：「要喝啤酒嗎？」我說好。他就出門去買了。

女子綁馬尾，著短衣褲，雙手端出一盤有清甜煙氣的炒高麗菜來。她臉上粉底微汗，看起來很美，像香港演員佘詩曼。她也喊了我一聲，又叫女兒去幫忙準備碗筷。她的口音夾帶鼻腔共鳴，音頻也高，但仍是很清楚的國語。

上次在電話中，才記起她來台灣已有十六年。是從南越一個極偏遠的小鄉村來的。前十年在另一個男子家裡，後六年才來這裡。學的是美甲，這客廳有一大半是她的美甲店，自己當老闆娘，生意頗好。是個聰明伶俐，會攬住客人的能幹女子，夢想著把事業做大，開分店。

十六年，對極難學的漢字讀寫，國語對話，台語交流，通通應付無礙，靠的就是本身的聰明。但一開始，學習還是難的。難到一個人偷偷地哭，眼淚撲簌流下。既已決定在這塊土地上生活，就仍是咬著牙學。

一定也為別的事哭過吧？有的。吃了好吃的台灣米，覺得自己在這裡真幸福，而老家父母還過著艱辛落後日子，想著心酸，眼淚便也止不住流下。至於在另一個男子家裡的事，大家似有共識，問也不問，提也不提。

不能說或不想說的事，始終有更多心酸，更大委屈，或者更尖銳的矛盾衝突。畢竟是女人。又是一個異族女子。（如果她是白人，或日本人，情況會不會不同？）現在，她與這第二個男子相識結合，他們是互相吸引的。即或這樣，兩人日子也像天氣，有時偶是青天，經常是有灰雲。

我不曾見她哭過，只是她能立足台灣，組成家庭，打下事業基礎，熱烙於親友客戶之間，性格裡明明寫著堅韌不屈折，卻還是要流眼淚的。她說，夜裡一個人躺在床上，讓眼淚流淌，隔天就重新站起來。

我看見那個眼淚有光，有力量。

島國旅行中，雪。

◇

做了一個控制不住的夢，又各自解釋了這個夢。

好像人虔誠，人也背叛。人祈禱，人也墮入不由自主的迷惘：「耶和華啊，求你聽我的禱告，留心聽我的呼求！我流淚，求你不要靜默無聲！因為我在你面前是客旅，是寄居的，像我列祖一般。」

◇

我在樓下就聽見她哭，門是敞著的。

這是一條四層單戶的直行樓梯。我慢慢走上樓，心裡揣想發生了什麼事？到了三樓，一進門就是餐廳，天花板上有盞無精打采的日光燈。她坐在那裡，哭紅了眼，整張臉都是漲紅的，淚水嘩嘩如雨。

終究要問怎麼了？她說是她的恩人走了。

恩人是她丈夫的姊姊，也算她的姊姊。這姊姊是從別人家裡抱來的，據說可以添福止禍，避免再有嬰孩不治而亡，並有順利再生的指望。姊姊一直是名帶髮修行者。姊姊知她從小殘疾，嫁的丈夫也殘疾，是被命運折磨的可憐人，就也把佛法傳授給她。

她視姊姊為恩人，便是這般被牽引到佛法中。她禮神敬佛，一向周到虔恪。認識佛法慈悲之後，更是感激隨從。每日早晚跪誦經文，亹亹不倦，終年不怠。佛以慈悲心，助人脫苦海，也脫去苦澀淚眼。

慢慢地，她不哭了。她也勸人不要哭，要想得開。面對往生者，如她的丈夫，她家中貓狗，她都不哭，只以持咒助唸十二小時不斷。她說眼淚會絆住亡靈無法解脫去西方世界。亡靈不走，焚燒身體是會痛的。

我不聽，我不信。我願意流淚。

一滴淚還一世情，我願意多多流淚。不能流淚的人還算人嗎？乾的眼睛說明只有一個乾而硬的心，不是嗎？我要做人，我不要成佛！但是，這世上我最不願看人傷心流淚的，竟也是她。

詩人說：「我佛莫要，為我流淚。」她是修佛的，莫要為我流淚。

◇

真的，惟獨眼淚能洗淨人的眼睛。

兩千七百五十噸硝酸銨爆炸，夷平整座港口，那威力相當於三百噸TNT炸藥，如一顆小型核彈。（一九四五年八月六日，日本廣島原子彈，威力只有十三至十八公噸。）滿目瘡痍之城，殘碎玻璃的人間廢墟。

黎巴嫩，中東古國，一夕躍入世人眼目。耶和華曾對祂的子民說：「從曠野和這黎巴嫩，直到幼發拉底大河，赫人的全地，又到大海日落之處，都要作你們的境界。」所羅門也對他的愛侶書拉密女說：「你是園中的泉，活水的井，從黎巴嫩流下來的溪水。」如今報上這樣寫：

黎巴嫩自內戰結束以來，每個教派的政治領導人都通過各自的網路維持其權力和影響力，保護他們所代表的宗教團體的利益，並提供合法、或者非法的經濟幫助。

在「透明國際」的全球腐敗指數中，黎巴嫩在一百八十個國家中排名第一百三十八位。「透明國際」的報告說，腐敗已經滲透到黎巴嫩社會各階層，而政黨、議會和警察被視為最腐敗的機構。

是，戰火交毀方歇，腐敗就植入中樞，經濟空前危機，又逢疫情盛熾蔓延。今日轟然一爆，蕈狀大雲震天動地，沒有光的混亂煉獄，人往何處去？又翻看所有劫後圖片，都找不到一隻動物殘影，牠們面對人類的開發再開發，敗壞再敗壞，是否還在？牠們一切驚慌痛楚可比人少？

北極熊飢餓噬子，澳洲野火燒死三十億隻野生動物，印度孕象進食人類所送鳳梨炸彈而於河中溺斃，毒殺島嶼浪貓，路殺稀有石虎……誰來定生命代價？誰來喚醒可憐又自私的文明人？看每日新聞，像看人類自亡進程。一樁樁罪惡，一件件罪行，不過百年，聰明又貪婪的人類早以愚蠢至極的雙手，將自己和所居藍色星球，一步步推進毀滅。

末日從來不遠，正是時候。

我佛啊，請祢流淚。

兩個女人，她的丈夫是另一個她的良人。

◇

她的丈夫死了，她的良人逝了。

她的丈夫成了那女人的良人都有三十多年了。那女人一開始是家裡請來幫傭洗衣，分擔勞煩的，不想稍不留神，就把她的丈夫也「洗」去了，落得她兩手空空蕩蕩，只剩下一席孤枕、四名幼兒和更多勞煩。

人死了，情債還在。死人棺木在那女人家裡，蓋棺時總要去一趟，正當名分上也是一世夫妻。兩個相識的女人終於見面，穿著都用了心，全是黑服。一個素淨莊嚴，像玉面觀音；一個深刻隆重，像黑天鵝。一人坐一邊，都有兒孫們陪顧。兩人各看一眼，都是皺了眼角，浮白了鬢絲。

哀喪是要哭的。沒有孝女白琴，只好各憑本事。女兒和兒媳們使勁悲慟，哭嚎自己無爹無父，何其淒慘人生。淚水汪洋，聲色極為愴然。

那女人也哭，跪著哭，伏身哭，頭撞棺木哭，整個身子貼在棺木上哭，最後手攀腳爬欲進棺木一同赴死般地哭。哭得全身癱軟，歇斯底里，亦貞烈得悲天壯地。惟有她坐一旁，面容放空蒼白，而且不哭。

其實，她流過一滴眼淚，悄悄用脅下白手帕抹去了。

只不知那滴眼淚到底有什麼意思？

◇

肉身的極樂，就是靈魂的痛苦嗎？

想起「有一個女人……站在耶穌背後，挨著他的腳哭，眼淚溼了耶穌的腳，就用自己的頭髮擦乾，又用嘴連連親他的腳，把香膏抹上。」

也想起蔡明亮直逼自我孤寂心靈的影像構圖，想起《愛情萬歲》裡的楊貴媚於大清早行走在草木疏落的大安森林公園如敲擊木魚般的橐橐腳步聲，想起她坐在露天音樂台前的座位上一時觸動什麼油然而生卻又悲而不傷的哭泣。啊！那段長長的、赤裸裸的哭泣所流的哀情眼淚，真是心的出口。

再沒有一個東西像眼淚能告訴人內心的情景那樣多了。

◇

飯後，弟媳又端出一大盤水果來。

我媽說今日失眠晚起而不似以往在天未亮時作早課。

貝魯特瞬間的哀憤如深淵如盤結頑固的樹根。

阿嬤要二十幾年後才以傲視於他人的高壽之齡隨她的丈夫步向黃泉。

旅行盡頭，從一個島飛往另一個島。某日兩人見面，一人淚水如瀑。此後，還有誰能這樣哭？

主的血及其他

午夜，才睡下，彼岸來一則短信，說L死了。說前一天看起來很好，夜半突然不適，喚了身旁的妻，像在告別。妻學的是護理，急忙為他做心肺復甦術，人還是走了。他們說安息主懷。

L是傳道人，也有說是牧師，原先是國中數學老師，後來蒙主呼召，就辭了工作，全職事奉神。他說他的主是一位為人捨命流血的主。

◇

血真是讓人無法沒有感覺的東西。身體受了傷，如刀刃切割，銳器刺穿，重物錘擊，機輪輾壓，或是病癌侵襲爆發，就見諸於血。血從身體裡汩汩流出，性命就斷喪了。沒有血，就沒有命，似乎是一切生物本能所知的。

誰敢流血？

有一幅世界名畫叫《拿撒勒之家》，畫中兩個人物，一是少年耶穌，一是耶穌的母親馬利亞。拿撒勒是個被人藐視的地方，但是這裡有一位少年，他坐在凳子上，用荊棘編出一個環，手被刺傷，流了血。他看著血，面容靜安，惟他的母親見了，露出愁容。

母子倆似乎都知，那一日要來，就是血要流出來。少年長大後，要如同羔羊被帶到宰殺之地，流出血來。這是不容改變，也不會更改的神的計畫。因為經上說：若不流血，罪就不得赦免了。

《拿撒勒之家》，作者：蘇魯巴爾（Francisco de Zubaran 1598-1664），現藏於克里夫蘭藝術博物館。

換言之，罪債血償。

人的罪債，神子以自己的血來償，一場驚天動地的血祭鋪展在世人面前，一次千古絕有的聖潔死亡，陳列在各各他山。（各各他山，又叫：骷髏山。）那本該殘虐並刑罰於罪人身上的十字架，就這樣讓耶穌頂著荊棘冕環，從頭到手到腳流出血來。

誰願意掛在木上一直流血？

L說他感謝他的主為他流出救贖之血。

◇

用這血所訂的盟約，叫新約。

奇異恩典，新約就是恩典之約，是犧牲一個人的性命換來的。偉大的領袖原來是要懂得犧牲的。犧牲愈大，感力愈深。是血都流淌了，命都捨盡了，才叫天嗚咽，地震動，聖殿幔子裂成兩半，也才有千年後的人依然感動落淚。

他的死，使後來的追隨者都敢死，以至於殺也殺不完，愈殺愈多。殉道者的血流了幾個世紀，流遍一處處土地，流到非洲草原，流到亞馬遜叢林，流到遠東內地，隨後開滿生命紅花。荊棘中的百合花。

再放遠看去，每一條路都有犧牲者的血。天賦人權、宗教改革、性別平等、言論自由，乃至於活在沒有恐懼的自由下，道上都是血跡斑斑，踏在別人的血泊中走出來的。

L說他的主用血開了一條新路，使人可以到神那裡去。

◇

究竟，每個生命得以存活，都是藉由別的生命的犧牲而來的。大自然的食物鏈就是犧牲之鏈，生生循環之鏈。世界以犧牲完成生生。

「我要開動了！」

日本人用飯前，雙手合十這樣說道。

那合一的雙手，是感謝，是禮敬。是謝天，也敬重每個犧牲之命。

自然的法則不可逆，便總帶著些許無奈，因此能逃命者儘量逃命，能不流血者避免流血。犧牲不是生命的本能。生命是要活、要繁衍的。但也因為要活、要繁衍，就不能沒有犧牲的。現實是穿著一套赤裸的血衣。

L說他的主流血捨命，都是因為愛。

◇

大抵每個人都見過自己的血。（從外觀看，那跟耶穌的血並無兩樣，溫熱、液狀，或許色澤深淺不等，清濁有別——據說素食者清，葷食者濁。）事情真巧，兩次開疝氣，我都見血。

一次在軍醫院，兩位朋友來訪，見了開心。談著舊友新事，很是融洽。他們一男一女，都是愛主的人，臨去前說：「我們禱告吧。」又都是熟讀經書、滿腔熱忱之士，就一人禱告，其餘人說阿們。如此三人輪流，渾然浸透在靈光相交之中。禱告完，睜開眼，點滴架上的輸液袋紅豔豔，竟然是血。緊急喚護士，再把血輸回去。想了後怕，驚奇這樣沒死!?

又一次在台北萬芳醫院，一友人來訪，切蘋果招待之。削皮切果肉時，不慎，刀入手指，頗深。血湧出，滿手紅汁溢淌。紅蘋果變成血蘋果。友人見狀，臉煞白，呆然。我按鈴，請醫護人員來，馬上縫針，合起傷口。後來暗自稀奇，何以能如此冷靜，既不喊疼，也不覺痛。莫非是愛？

愛一個人，真可以愛到流血亦不足懼？

木心說：

「愛」是生機，生之萃華升華，惟其萃華升華，「愛」與「死」最近。

又說：

「愛」之與死近，是因為沒有靜止的愛，愛的宿命的動態使它隨時要湧向極致，而生命無極致，在愛者心目中生命太像是有極致的，生命有什麼極致呢，所以這個極致只能是死，一定是死。

神愛世人，甚至為人來受死。

L說他的主充滿大愛，也吩咐我們彼此相愛。

◇

幾年前有部電影叫《相愛相親》，說的故事都離不開血親。

血親，有血就親，無血就不親？

血，真是又奇妙又奇怪的東西。一滴血流出去，如甩石在大湖面上，漣漪千層盪漾，便把兩個人，三個人，一百個人，乃至更多的人綁在一起。（如果這一百個人也流出一百滴血，甩出一百顆石子，那湖面又是如何的呢？）明明性情不合，思想不通，生活殊異，卻要認彼此為「親」。不親為親，親了又要不親，齟齬厭惡憎恨滋長擴散，儼然點燃人間獄火。

血本身是有道德枷鎖的嗎？

因著血，我們「要」懂得認親，學習相親，練習相愛，但也克制自己忍耐再忍耐。（經上說：愛是恆久忍耐。）所有的「要」都贈上一份祝福，同時牽扯一組魔咒，一襲枷鎖。三親四眷，人的世界被倫常化之後的當下，也被一張張「血網」嚴密地黏附著，紮緊著，牢固著。十分難以背離。

養兒防老，是血親的真諦嗎？勒索家人情感，是血親的真意嗎？連耶穌的兄弟雅各都要揶揄他，嘲諷他。而最最恐怖，比戰爭殺人的血腥更令人震慄的，莫不是金基德《莫比烏斯》（뫼비우스）中的血親!?

何以至親感人的血，也是荒謬可懼的血？

何以血的力量大到一個地步，世世代代，都既溫柔又驚悚，既生分疏遠又相連不斷？萬物中只有生而為人者，其性其命其一生都在乎血。（大聲疾呼：都是血肉親人啊！）

兄弟永遠是兄弟。

L說他的主用寶血洗淨我們一切的罪與不義。

◇

耶穌是救主，拯救世人反覆累積的罪孽。

他的救法是用血，寶血，神聖之血。那些相信接受主，受洗從水裡上來的人，所有如硃紅般的罪，登時都如雪之白了。這樣，不再作外人和客旅，乃是神家裡的人。他們彼此稱呼弟兄，稱呼姊妹。

血中之血，神聖的血親。

神聖的血親聚在一起高唱：教會生活輝煌之至，有弟兄處就有活路。少有人記得還有一首感傷的歌，唱到：有時也有爭鬥，弟兄反對弟兄，誰都想出最重拳頭，誰都洶洶。

原來，有血的地方都一樣。

那些因救贖之血而受洗重生的人，一日不活在血的遮蓋下，一樣都貪婪無度，嗔癡妄想，並在權力中腐化。他們以尺量人，卻忘了自己的虛偽矮小；他們看別人貧窮，卻不知自己也已敗空；他們自視手中握著真理，豈知只是裝飾自己，以為過上了比別人更崇高的生活。

嗚呼！有的傳道人也是神棍，有的神職人員也是正義魔人。（有的宗教領袖並不傲慢，也不想傲慢，卻做了最傲慢的事。）多少事奉神的人，其實只是事奉自己的肚腹，只為滿足自己。

聖言若是自相對決，誰從其中選擇人性的價值？

愛最大。

L說他的主走的是一條愛的血跡道路。

◇

耶穌的血白流了嗎？

是也，非也。

L一生無產業，他同他的妻，每日勤勤懇懇，忠誠忠實地牧養主的小羊。噢，我也曾是那小羊中的一隻。從前，我喚他為哥；稍長，我喚他為弟兄。弟兄愛我，也教我訓我罵我。我們住在同一屋簷下，一年。又住在同一棟公寓中，兩年。

某次，我前去晨禱，穿搭了幾件衣物，途中他看了一眼，叱我不成體統。此後我每當對鏡，都加倍審視自己的美感。又次，他約見我，阻我去做一件事，因他以我身材緣故，不看好我會成功。而我已做決定，不想改變。

離開小羊行列後，某年深秋，我在韓國大會中遇見他。他摘除了厚層眼鏡片，動了近視手術。一見我，他的第一句話是說：「弟兄，我向你道歉，請你在主的血底下原諒我……」

哎呀！多美好的血。

那日之後，我再也沒有見過他，直到離世的消息傳來。但這些年，乃至追念聚會中，我都知道他和他的妻（他們沒有己出的孩子），無一日放下主所給他們的託付。他們同心同命，堅定走在跟隨主的路上。

但那誠實愛主的人，
禍福都不問，
就是他們寶貴心血，
也願為主捨；
求主給我這樣心志，
赤忠忘生死。
求主給我這樣心志，
赤忠忘生死。

追念聚會直播，我看到有故人引用這首詩歌，來作L的人生註解。我再同意不過了。L曾說他的主以血作贖價，將他從罪世中買回，他也只能以血以命來感念和回報。

但我同樣記得這首詩的第一節，是這樣寫的：

眾人湧進主的國度，
十架少人負；
眾人爭奪主的賞賜，
世界有誰辭？
人雖無心走主道路，
仍想主祝福！
人雖無心走主道路，
仍想主祝福！

是由這裡往下，才說到最後一節：「但那誠實愛主的人」。L，七十二年生命，自他被血贖回之日起，就以老實和誠實著稱。惟其如此，他始終以殉道者的心志，走在這條以傳道為生的艱辛路上。他所得的榮耀和冠冕，是他以心血栽種澆灌的神聖血親所賜給他的。然他何曾想要這些？

他只是因著血，誠實地愛著主。

赤忠忘生死。

處女補鍋漫想

一路巔跛，早春的道路像一條凍傷的銀黑之蛇，被雪鹽腐蝕出一塊塊爛瘡。還缺什麼嗎？她說。決定搬來此地後，一位教會中的兄姊從倉庫中拿出一個平底鍋，和一個燉鍋給我。

這個鍋缺了一個蓋子，就用「這個」代替吧。她面露微笑，一句話用了三個「個」，而最後「這個」確實難表達，反正不是那個，只是大小相似哐啷隨時滑落的一個蓋子。我默默承接她的善心，忘了說謝謝，大概彼時我是想著如何拒絕，而終究未說出口。

她一定也想：你個窮小子又是單身漢，在乎什麼呢？有鍋用就好了。惟她不知道處女座的我，不一定在乎缺什麼，但一定在乎完美。完美是一只蘇富比拍賣會上的汝窯，一瓶葛乙奴親手萃製的香水，一首巴哈大提琴無伴奏組曲，一帖無可複製的蘭亭集序。處女座自帶聖潔天命，具有神性，能贏取魔鬼細節的惟有我族。

閒置的鍋具，像身上某個一直用不上的器官，連擺飾也不是。

起初天造地設的完美鍋具，變成天殘地缺的一份組合，不忍丟，也不好用，就收在櫃子最隱晦之處。十幾年後，入冬購物季，收到鋪天蓋地折扣廣告，突然起心動念了，想為鍋體補上一個完美鍋蓋。

◇

康寧公司（Corning），琥珀色（Amber），3.5公升容量（3.5 L），型號Vision（Vision），法國出廠（France）。輸入五個關鍵字，谷歌大神賜給我 7730 項結果。

點開第一項，進入第一個著名網站，上百個鍋具圖片呈列出來。大概看了兩、三百個，就知道沒有完全符合條件的。問題大多出在3.5 L和 France 身上。有1.5、2.5、4.5，就是沒有3.5。所見3.5公升的鍋都是完整的，分不開的，而我只要一個鍋蓋。

跳出，重新輸入，再開其他頁面，赫見一個叫 replacement 的替代品網站。點進去看，好樣的，大部分是殘缺不全的物件，等著被領走，好跟另一個殘缺物件完美結合。這不就是我的鍋具所要尋找的嗎？

一項一項看，一頁一頁找，竟感到世上有這麼多孤單的物件，殘缺的個體，不完整的鍋子。幸好還沒有粉碎，化成骨灰，也就有補救的可能。補，成了造就完整的希望。

是啊，「補」畢竟不是個壞字，好比說，哭了太久，流失水分，可以補水。傷口淌血，或體質貧血，多吃菠菜可以補血。癌症是細胞缺氧所致，所以天天要到樹下補氧，讓細胞強壯有活力。

處女座有一雙眼睛，可以偵察世間殘缺之狀，如缺細緻，缺體貼，缺生機勃勃氣息，缺內外秩序平衡，缺靈氣自由流通，缺整體藝術表現，缺理性感性雙宿雙飛……嗯好像，缺是無所不在的。出門缺車子，有了車了，就缺好車子；單身缺性生活，有了性生活，就缺美好和諧性生活。心靈缺少信仰，有了信仰，才發現少有人信真的，都缺真實偉大情境。普羅大眾幹天幹地幹命運，都集體喊著：「缺錢！」這就知道：補乃是生命以至家國世界大事。

二〇二〇年最後一天，一名偶像樂團樂手在臉書上寫道：「這是外在失序混亂停擺的一年，我的內在也支離破碎、修修補補的一年」。誠然，娛樂圈向來不缺新聞，如金馬獎缺了大陸作品，紅毯缺了星光。再如金基德導演染疫，巨星殞落，便從圖書館找來他的電影，一看驚駭不已，幾乎所有人設都走向變態，像法蘭西斯・培根的瘋狂畫作，而原因是缺少愛。

人間失語，金基德的《聖殤》不聖，愛如何完全？

◇

愛像陽光，缺少愛像植栽缺少太陽，蒼白貧瘠（只能趕緊送到陽光下補救）。但是，補光好像比補愛容易些。我有一朋友，每年冬天犯病，或者精神萎頓，或者言行躁鬱造次。原以為是工作壓力太大，看了醫生才知道，缺維生素D，缺太陽曝曬。果然日頭一照，太陽發出醫治光線，人也好了，天天走在日光大道上。

愛，大愛難，小愛也難。

愛一個人，死生契闊，幸福莊嚴。

如果夜空星辰都在尋找軌道，劃定它的座位，是否就宇宙萬物也都能有「尋找」這樣一個主題曲？好比說，替代品網站有好多個，商品分目繁眾，而我的鍋具很單純，只要尋找一個鍋蓋。

一個，只要一個就好。

翻過千山萬水，終於看到一個，喜了。再看，出價高得離譜，最多只降13%，即或這樣也太不合理。隔天，又翻重重山水，有了！但是，沒照片。沒照片很缺誠意，將來或有爭議，算了，放棄。再找，不僅沒照片，而且大寫兩個字：SOLD OUT。已賣出，沒了，像嘲諷我晚來一步，好東西已被人帶走，你自己想辦法補救吧。

其實我非怠懶，此地夏秋盛行車庫拍賣會（garage sale），我也多次尋訪，就是尋不到。（「尋」是個好字，更是個難字啊。）你想茫茫鍋海，有人就有鍋，而且不止一個鍋，竟找不到一個蓋子來配，簡直不可思議。

多年後，也就是這疫情來臨一年，我潛入網路大洋，數日挫敗下來，內心忽覺一個呼喚，好像遠方有一個蓋子，也在尋找一個鍋體。它正等待我的鍋出現在網路上，好來把我領走，結合成一體。

我該去補救它嗎？

◇

友人領我到老基隆居酒屋吃飯，途中經 店，竹木扶疏，頗有雅趣，原來是修補破碎杯碗的鋪子。想著誰一生沒有打破幾個盤子，多少碗碟呢？（不都是踩著破碎走過來的嘛。）送我鍋子的那位兄姊就打破一只我很珍惜的碗，心痛歸心痛，我也是如常收拾起來，丟了，就沒想過修補。

第一次看人補茶壺茶杯，修補的人似乎還年輕，不是什麼有「武學祕籍」的老師傅。他泡茶請我們喝，說補的技術不難，但是工序費時，補好交貨總需要數把個月。（我真後悔沒把那只破碗帶來給他補。）基隆下著秋雨，想說天也像一只碗，不知能不能補好？

高中時外宿，衣服褲子破了，我就自己補。有時也幫室友補，聞著他人衣物身上味道，細細縫補時，竟恍然看見一個女僕或女主人的畫面，隨後看見一個男裁縫師的畫面。然後，我就想起阿嬤了。

未上幼兒園前，我跟阿嬤坐在門庭小板凳上，早晨陽光普照，我看麻雀飛過，行人走過，等待賣碗粿的車子開來。那時，我惟一的工作是幫阿嬤穿針。她教我左手拿針，右手放線頭在嘴裡嘬溼一下，就把線穿過針眼，讓她可以繼續縫補衣服。

哀唏！蛀牙可以補，玻璃心可以補，一段破損的情侶或婚姻關係也可以補，但阿嬤的衣服用米水漿洗了上百次，用針線縫補了無數次，時間一直過去，她的皺紋一直增加，她很早就叛離而去的丈夫也沒有回來。

正是記事以後，便發覺處女座擁有一顆深情善感的心，知道世界不如想像的完整和完美。失意和破碎的現實，屢屢刺穿心腸。幸好有的尚能補救，卻也有的補救不來了，好比說

天破了或許能補，但裂開的地殼如懸崖呢？法律漏洞了或許能補，但澈底滅絕了的生物呢？肌肉撕斷了或許能補，但已在風中消失的記憶和語言呢？水管爆炸了或許能補，但失傳在歷史灰燼中的樂譜呢？飯煮壞了、橋梁公路腰斬了都能補，但令人震驚再震驚、失望再失望的信仰呢？

張藝謀《秋菊打官司》只是要一個說法。許多一句「對不起」可以解決的事，我們一樣說不出口，只任由傷害尋找另一個傷害，而不斷擴大裂痕。（一個跟隨人子背起十字架的人，有什麼面子可堅持的呢？）想起一篇小說，男主被人莫名群毆之後，坐於樹下，點煙，反覆思想了，只說一句：「我們都太傲慢了。」又想起一位衷愛的詩人寫道：

……就像玫瑰
刺與花瓣並存
我們早已習慣
彼此傷害的人
轉身關起門後
膜拜同一個神

——許嘉瑋〈同溫層〉

◇

終究，我沒有勇氣讓自己的鍋體曝光，給人瀏覽。同時，要處女座把一個殘缺的東西拿出去，那也是不可能的。

再隔日，我靈光一閃，回原廠去找，那是我鍋的家啊。輸入「家」的網址，滿眼親切，心頭暖熱。然挫敗又起，那裡已沒有同款鍋蓋給我。進一步查，才知那是一九八四至一九九三年的出廠產品。換言之，符合我要的年分物品俱已絕版。失落的歸屬感一時使人悵然。

家能補救一切嗎？常說浪子回家，但對被判處死刑的美國女囚麗莎・蒙哥瑪利而言，那是她自幼被性侵的煉獄。報載她的辯護律師，籲請總統寬赦她，改判終身監禁，理由是：「她一生因遭受虐待和性暴力而罹患嚴重精神疾病……她是心神最支離破碎的人。」

都說教育是人的建立，其實過程也是在補。補人性的純良正直，補尊重生命的慈悲，補獨立思考的能力，補面對人性考驗後的悔改吶喊，補DNA裡各種裝備不足的美感升華……看！公東教堂的清水模建築是毛胚屋嗎？不不不，那是深層內斂的清簡光輝啊。

那是處女座追求的一塵不染的情愛色澤。

◇

愛情也能真空包裝嗎？

此地圖書館，每季舉行拍賣會。看到一架上擺放十幾盒拼圖，每盒五毛錢，其中有的貼了標籤，說缺一塊。我心想，這一塊怎麼補？連上網去找都不可能！拼圖的極致樂趣，不就在最後一塊被完美補上嗎？

有誰會要那破損的東西？

有。千利休布置茶室，壁龕牆上掛一立軸畫，底下置一古拙陶瓶插花。天心月圓，一切臻至完美無瑕時，千利休搖頭，說不對不對。哪裡不對？這時，千利休拿起一把錘子，敲碎花瓶一角。啪！那驚天一敲，日本美學立時迸裂光明，成就「侘寂」（Wabi Sabi）。

圓滿是美的極致嗎？缺角花瓶能照見事物質樸的內在嗎？外表殘缺可以顯露被時間磨礪出的震撼之美嗎？一期一會，初聽千利休的事蹟，我心旌搖盪，不明所以只覺得充滿啟示，人放鬆下來。

（二〇一五年，同為處女座的朋友送我一本筆記，扉頁寫：「萬物都有裂縫，那是光照進來的契機。——Leonard Cohen」又彼岸一位朋友想給初生兒取名，問我如何？他盼望孩子的名字裡有「有」這個字。那麼，就叫「有光」吧。我們同聲稱好。）

哦！這冬又下雪了。花をのみ　待つらん人に　山里の　雪間（ゆきま）の草の　春を見せばや（莫待春花開，君不見，雪下青青草，春意已盎然）據說千利休曾以這首和歌來解讀侘寂，喻從殘缺中重生。

於此數日後，我又從某大網站上看見一個3.5夸脫（quart）的蓋子。美制1夸脫等於0.95公升，終究不是最相配的東西。（不是常說差之毫釐，繆以千里嗎？）此時，我應該試著下單嗎？這是我無用的鍋體所能接受的殘缺嗎？我的鍋子真能在這樣的不完美中重生，而迸裂光明嗎？

是是是，不不不。

鼠標像在銀河天際中一直游轉又不斷流逝的一顆星。我漫想了這麼久這麼多事以後，突然感覺：處女座是否才是星象師說的「人類瑕疵品」呀？若這樣，讓光補滿、補滿我吧！

哆啦A夢和少女感

仙手一指，枝露一點，形隨意轉——變！初識世界能「變」是從民間宗教神話開始，那個神奇力量很快捉住我小小心靈，帶我乘雲駕霧，進入幻想。後來便是遇上日本漫畫《小叮噹》，知道他的百寶袋可以「變」出許多東西來，改變許多人事物狀態，甚至改變時間空間——太有趣了！

平生收集首件物品，不是郵票或尪仔標，而是「書」。漫畫書。重新路二段的騎樓下，有人擺地攤，路過時一看，竟有《小叮噹》。買了一本之後，就有了第二本，第三本……書從收入抽屜一角，慢慢累積成一整個抽屜。那是小學四、五年級的年紀。

有了一抽屜的書，心中有種實實的感覺，時不時就拉開來看一看，數一數，或抽一本躺在地上看。暑假時看得最厲害，滿腦子都是小叮噹多得不可勝數的迷人道具，盼望自己也有一個小叮噹，心想事成。

當小叮噹變成哆啦A夢的時候，我也變成另外一個人了——不，我還是我啦，但不是那個十歲的我。我長高了一些，多了一些毛，也掉了一些毛。我也戴上眼鏡，從兩百度近視一路追加到九百度。透過兩張鏡片，我已看過很多人，很多書，很多地方，很多報紙，很多電影，很多不可思議的場景，很多匪夷所思、意義含混不明的事件和對話，等等。

是正當我慢慢可以辨識事物的曖昧內核，思考冰山一角所潛藏的龐大訊息，理解人在政經社會的運作法則之後，我才發現我的小叮噹已經不存在，代之以哆啦A夢而通行全世界了。

此時午休，我常常領著托盤，一個人呷飯配網路，《櫻桃小丸子》、《蠟筆小新》、《哆啦A夢》。天黑了，吃晚飯時，我也多是自己呷飯配著《櫻桃小丸子》、《蠟筆小新》、《哆啦A夢》。

哆啦A夢是舊識（即或從前的漫畫書都拿去送人了），一位真正青春不老的明星，不變的容顏和體型，不變的奇妙百寶袋，不變的怕老鼠和愛吃銅鑼燒。但這一次，我不知不覺看出了問題。好比說，它充斥了校園同儕霸凌，施以霸凌的人自是胖虎（舊名技安）。胖虎常以「借」之名，行搶劫之實。順我者昌，逆我者以一頓拳頭伺候。有時他心情不好，也會隨便抓個人來打兩拳，被抓去打的那個人總是大雄。

大雄又弱又笨又懶，從現實人生來說，這樣的人是不容易受歡迎的，但是靜香（舊名宜靜）烤了餅乾卻打電話給他，請他來吃（日後還要嫁給他）；小夫（舊名阿福）開生日派對邀請少數朋友，其中也有大雄——在我看來，惟有排除大雄才是合情理的。又小夫住超大豪宅，有錢人家貴公子，怎麼會讀這種公立小學校呢？

哆啦A夢也有問題，他少有一集不失職。從一位監督者或幫助者的角色來看，他是完全沒有起到作用的。換言之，他空有萬能口袋，卻沒有智能來協領一個孩子成長。每一集結束，大雄多以「悲劇」收場，他仍然是那個不知止，又弱又笨又懶的大雄——這種「不變」，簡直是人生災難，怎麼適合給小孩子觀看呢？

說到不變，也大約是我收集《小叮噹》的那年歲，短暫寄宿我家的五姨正讀高中，她夜讀國文：蘇軾〈前赤壁賦〉。「蓋將自其變者而觀之，則天地曾不能以一瞬；自其不變者而觀之，則物與我皆無盡也，而又何羨乎？」見我立在一旁，便興發起來向我複誦解說。

她說水與月，皆變而不變。水逝去了又長流，月有盈虧卻又常在。滔滔江水依舊，皎皎明月猶存。本體不曾改變，變的只是現象，萬物的變與不變，全在於自己的觀看而定。

她不知道，是那一刻，她不知不覺在我心中敲開一扇感知宇宙人生的窗櫺，而走向這扇窗的道路乃是文字。書寫的文字。或者，稱之為文學。同樣，她也不知道，她說的這段話在多少年後，我還是似懂非懂。

水與月的本體都不曾改變嗎？

不變的無盡是指什麼？

如何有一雙看萬物皆不變而無盡的眼睛呢？

其實從我眼中看去，凡在時間裡的，沒有不變的。好比說，少女感。三十八歲女明星，出演十五歲少女，委實不妥，因為人變太多了。而「感」不是做作，亦非模仿，其乃精神質地，一種渾然氣味。形似而失了氣神，再怎麼裝扮都不自然，難以到位（味）。

想想，二十三年的差距中，女明星的眼睛已看過多少人，多少書，多少地方，多少報紙，多少電影，多少不可思議的場景，多少匪夷所思、意義含混不明的事件和對話……這些或那些，一點一滴滲透到她的靈魂裡去，構成她生命肌理的心思條紋，成為她深邃眼神的光芒層次。於此，當她再用眼睛凝視的時候，眼中之「神」早已開枝展葉，豐華有成，如同咖啡豆走進烘焙，融入甘醇香氣的萃取，再怎麼「收」也是回不去了。

回不去了，是時間的箴言。

當生命中的一縷氣味隨風遠去的時候，只能喟然目送，然後走進所有生涯必然的沉澱與流變。

不是嗎，惟有脫開時間，才可能不變。惟有進到沒有時間的領域裡，才看得到無盡，來到永恆。但是，如何在時間裡觀看事物而沒有時間呢？換言之，誰能在時間裡甩開時間而沒有時間呢？

即或真有一雙心眼，可以「自其不變者而觀之」，那麼，一切物與我在那無盡的、不變的永恆裡，要做什麼呢？那裡還有生活嗎？還有愛情嗎？還有悲喜之後的成長和昇華嗎？在有限時間裡的人如何領略無限無盡的無窮浩瀚呢？難道只是漫無目的地享受不變的永恆嗎？

如此說來，可變還是有趣而令人興奮的。仙手一指，枝露一點，變男變女變變變——多有趣！變成一隻馬，馳騁無悔無怨的草原。變成一隻魚，游到小說家苦悶的屋頂上。變成一隻蟲，羽化成蝶，飛向夢中人的夢裡。

看一個少年變好變壞，看一位女人變美變老，看一名演員從青嫩變為內斂，看一朵春花變作泥塵，看一張巴掌雲變作一場雨，看一本書寫了一千五百年變成那書、聖書，看一座城市變作廢墟變作荒野還給大地，看一隻會思考的貓每天走轉在有神到沒有神再回到有神的路上……

看小叮噹拿出「智慧筆」，一眨眼寫完作業答出試卷；看哆啦A夢拿出「任意門」，一秒走進三毛的撒哈拉沙漠；看白寶袋變出一位「丘比特」，射出一支箭，為我寫下一首動人傳奇。

讓我們坐上「時光機」，變作一隻家犬，跟著蘇格拉底去廣場找人問問題；變作一盞船燈，同蘇子與客泛舟遊於赤壁之下；變作一根羽毛，讓莎士比亞握在手上，寫出精彩傲世對白。變作一名記者，一一見證國寶的誕生與失落，陪著以色列人浩盪走出紅海，哀悼阿房宮和滕王閣的餘燼滄桑，留下耶穌傳道的真實聲音，目睹李白對著楊玉環飲酒作詩，查尋《紅樓夢》遺散的後四十回，搶救陳百強和張國榮。

安慰被老鼠咬掉耳朵的哆啦A夢。

請玉嬌龍回來演上陽郡主的及笄之禮。

寄一封會泛黃的信給在無盡裡的水與月，和我自己。

樹的切望

1.

早上，正醞釀著工作狀態，才發現不遠處有聲響。細聽去，像是電鋸聲，一陣又一陣盪開。大概是某位鄰居在裝修什麼吧。風在樹上弄弦，晴日，白雲悠悠忽忽。回到工作上，有隔，仍感莫名浮躁。

春末，樹葉脫去嫩色，葳葳蕤蕤起來。電鋸聲也勤奮起來，是很努力工作的氣氛，看似在做一件「工程」了。終於，我走向窗口，看見後院隔壁鄰居一棵大樹上，有一支擎起的機械手臂載著一人正在鋸樹。

樹很高，約四、五層樓高度，愈往上長愈是纖瘦傾斜，許是這樣，若有強風暴雨來襲，樹就容易斷落壓倒電線，或者壓塌房屋，造成傷損，所以才要來鋸樹吧。

電鋸聲持續一天，兩隻客貓也有些不耐煩，至於四隻浪貓更不知所蹤。我又走到窗口，明白了鋸掉一棵樹的過程，是先截枝，從上到下，把分枝帶葉逐一鋸下。枝沒了，樹像被剝掉了帽子、衣服、四肢，變成一根巨大「光棍」，而且生著瘤又滿布傷口。接著，便是鋸幹。鋸幹分外危險，所以在電鋸聲外，時不時又夾雜著工人高亢喲喲的警示聲。樹幹先被重纜綁住，再一截一截鋸斷，運到地上。

三樹三色，像紅綠燈，攝於克里夫蘭東城。（饒曉敏攝影）

天很藍，這時我才發現，我後院的天際線像缺了一顆牙那樣改變了。以往一直習慣於透過許多樹梢所望見的天空，現在從缺口一下子就看見了一片藍，一片紫，一片紅。

這也就傍晚了，浪貓出現在我的後陽台，餵了他們後，我想著出外散步。社區繞了一圈，回程時改變路線，走過那戶鋸樹人家，看了現場，才知道截斷的樹幹還要藉由一台機械斫開，再由一台機械磨碎，成為亂花一般的碎木片收堆在另一台車上。

軋——軋——！

樹中所記載的年輪都碾碎了，年輪中某年某日的形狀都破散了，某年某日中所牢牢儲存的記憶都分離了。多少年的大寒小暑，多少寒暑中的人物變遷，多少變遷中的笑淚往事，多少往事中的懺情與追憶，皆已片片碎碎。

樹亡了，樹頭是墓碑。

2.

是在街道中看見一些殘留的樹頭，才注意到城市中有一行業，就是鋸樹人。鋸樹人只是一份工作，有的是私人公司的員工，多半為著鋸除宅院裡的樹（一棵大樹連根清拔恐得兩千美元）；也有的是電力公司的雇員，他們穿巡於城市與村鎮之間，專門處理馬路上危及電線的樹木。是以危損人類生命財產，或者公司營運利益的，都欲除之。

原來人類現代生活是倚賴電線的，城市的建立和運作也是挨靠電線的。後來再想，不只是電線，也有水管線、瓦斯管線、汀水處理管線、道路行車路線……線與線連結成串成網。城市的本質就是一張網吧。

結網而居。於此，人從某個程度說，其實像一隻「變形蜘蛛」。蜘蛛人，這名字聽起來怪可怕，雖然我並不討厭看《蜘蛛人》的漫畫或電影。日與夜，人們遊行在諸網之間，天網地網，無網不能吃喝，不能拉撒睡，不能交友約會，不能休閒安居樂業。

試想：連日暴雨，若非有良善的下水道網路，城市就要淹水了。又想：十月秋氣重，氣溫開始陡降，若非有瓦斯網管提供暖氣，怎麼捱度漫漫冬日？而沒有電網，就沒有電力發動暖氣系統，也打不開耗盡電池的手機電腦。這樣說來，鋸樹還是必要的，是不是？

樹，因著種種原因被砍伐了。我的朋友數年前砍了後院幾棵樹，問為什麼？答秋天落葉太多，很困擾哪。這不，眼看入秋了，誰家後院又要砍樹呢？無風之樹，無樹之城。

城市一向是我衷羨追逐的，巴黎、東京、台北、柏林、北京、紐約、舊金山、蒙特婁、巴塞隆納、里斯本……瞭看偉大城市燈火，如見火龍千萬麟片閃動，榮耀璀璨，發出大地盛世光輝。我也以為城市中終能邂逅一人，像偶像劇或浪漫電影那樣，以圓人生所望。到如今，人沒找著，對城市反倒生出幾分煩憎，想著每一條馬路，每一棟大樓，每一處商場、遊樂場和影城，是砍了多少樹才建造出來的？

開發再開發，推進再推進，擴張再擴張，城市的版圖愈大，土地的傷口愈深，樹木的領地愈小，於是鹿和兔子，老鷹和蝎子，蜜蜂和穿山甲愈無處可去。樹木、蝴蝶和石虎都想：這片土地不也是我們的嗎？怎麼沒人來跟我們談判，簽合同呢？

從衛星看傲偉城市燈火，如見地球中了連發火槍，爆漿流出螢光色血液，觸目驚心。而天外，似已奏起一首輓歌。

3.

如果這一切都是真的。

我是說：起初，神創造天地。

神賜福給人，又對他們說：「要生養眾多，遍滿地面，治理這地，也要管理海裡的魚、空中的鳥，和地上各樣行動的活物。」

不知何時起，再讀最愛的《創世記》，竟覺得扎眼睛，思緒紊亂。「生養眾多，遍滿地面」，正如遠東大陸的春運，五一和十一的大流動。如果我是一隻雁鳥，飛掠城市上空，躲避了汙濁氣流，辨識了玻璃帷幕的高樓陷阱，而與灰撲撲的雲朵同行時，我會想：遍滿地面的人哪，遍滿地面的車啊，遍滿地面的物慾橫流啊，你們密密麻麻看去真像一群擠在透明盒子裡的臭蟲哪！

為了生養眾多的人要有的便利乾淨生活，為了遍滿地面的人要競爭的經濟成長利益，為了無止盡物質慾望的追求和滿足，國家機器以及瘋狂人民只能伸手向天地四方取了再取，奪了再奪。

不忍心再想上帝的言語，我只想，假如我是一隻坐在屋頂上的老貓，剛享用了人類供上的罐頭和淨水，正在一邊洗面整毛，一邊曬著太陽時，我說不定會感嘆：人啊已經生養眾多，日子過得便利極了，可除了我，那地上的樹、海裡的魚、空中的鳥和地上各樣爬物，通通都遭殃了。人啊既不治理，也不管理，一個個沉淪了，只被迫忙著生產，被迫忙著消費，最後屯積成千年無法如塵歸去的龐大垃圾。

而我，畢竟是我，被稱為「人」的我，用兩腳直立行走的一名物種。脊索動物門，哺乳綱，靈長目。與猿猴的基因相差無幾。但「我」兩手所製造的垃圾，後來啊可以戳破大氣層，可以呼風喚雨，可以改變洋流冷暖強度，可以融化萬年冰山，可以生出「塑膠嬰兒」。

風吹一只塑膠袋，掛在鄰居尼爾家的樹梢上。數日後，袋子撕裂成片，昏晚觀之如魅。不知怎麼，我突然想起作家李娟的《冬牧場》，最大的寧靜。或說，我突然羨慕起最低現代化限度的生活，適可而止的生養與發展，抬頭仰望穹蒼星斗，與牛羊野狼同居，敬畏所有生滅成毀。這是因末世而生的自然烏托邦嗎？這是人類回應創世記起初所設定的本職與尊嚴嗎？

我想回到我的伊甸園子去。

4.

據說，那時蛇是在樹上與夏娃對話，而誘騙了夏娃的。蛇纏繞樹枝，樹無語，但眼睜睜看著那女人摘下善惡果來吃了，又給她丈夫，她丈夫也吃了。罪身已成，樹便一棵棵開始倒下。

電影《烈火將襲》（Fire Will Come），第一幕在夜間，魆黑中有引擎聲，隨後一束光拉著一台機器傾軋而來，這時才看清楚，一棵棵樹被推倒了。是誰這麼做的？鏡頭沒有給出人影，只是冷肅地側面拍攝。天地悵然，束手就伐，眾生一滴眼淚都沒有，連嘆息也無力發出。

影像以一記鈍重力道逼迫在我心頭。

片子基調已定，再美的季節光色，依然悲涼地推積一道壓力，令人難以喘一口氣。豈不知，片尾有更大的悲涼，更沉重的軟弱襲來。漫山遍野的火焰如此炙烈，形態放浪恣意，張狂不羈。林木焚身，集體殉難。劈哩聲，斷裂聲，響聲連同絕世而去的滾滾煙塵，燒出心土一片冰涼。

絕望了嗎？不，尚未。因人逃出了，一頭牛搶救出來了，另有一隻山羊倖免於難了。但，必然還有攝影機拍不到的獸蟻焦屍，一定也有麥克風抓不到的恐懼嚎聲，發生在那片煉獄之中。

山還在，山已不是山。

痛不痛？

我不知在墮落的亞當的世界裡，還有沒有心痛這件事？只敢問：這場火是人禍的嗎？那麼正可以呼應片首的伐木。然而，這是否也是天意？如果是經常性的天意，那麼上帝說的「生養眾多，遍滿地面」，便是一把兩面刃了，要嘛人好好管理，萬物共榮，要嘛就讓人類自取滅亡吧。

一如億萬年前，地球上的藍藻「遍滿地面」，最後全數毀滅。

5.

一見牠從屋簷順著排水管爬下時，我立馬抄起木棍，從陽光房開門衝出，揍了牠一個屁股。牠受驚，跳到地上，慌忙爬上圍籬，順勢攀上尼爾家後來吊著一只塑膠袋的那棵樹，像一隻無尾熊抱著枝幹。牠低頭看我，我抬頭看牠，僵持一分鐘，末了由我放棄追打告終。

這是一隻胖浣熊。

不久前，聽一名教授說現代人豢養動物，如貓狗烏龜鱷魚，都是肇因於基因中仍注記著神要他們治理這地，管理萬物的緣故。那麼，一隻懷孕的浣熊能否撬開屋簷，鑽入人類住處，築窩於此呢？答案是：不能的。

是的，不能。

二〇一七年買下這房子時，不知已住著一家子浣熊，只覺得一入夜，屋頂常有奇詭聲響。直到鄰居丹尼在一次傍晚時分，發現一條環紋肥尾露在屋簷洞外，才知曉詭聲元凶。

打電話請專家來捉捕，殊不知，捕了隔年又來，如此不勝其擾，惹得我神經過敏。一日，天光退盡，我在書房又聞後院詭聲，悉悉簌簌，彷彿在草木間活動著。我迅速又抄起一根棍子，衝出去，尋聲源，果見草木下一團濃密黑影，掄起棒棍捶下。那物躥走，縮在一角，我再追加一棒。但此時，我已感覺手感不對，此物體型較小，而且不會攀爬。

打錯了?!是打錯了。

我即刻收手，收棍回屋，途中我聞到一陣硫臭味，便知剛才失手打的是一隻臭鼬。回到書房，仍聞著臭味，久久不散。而此時，我心中不快，不為臭味，只為後悔打了一隻無辜的臭鼬。

我是個邪惡無良的人類嗎？

報載俗稱「上帝之鳥」（The Lord God Bird）的象牙喙啄木鳥（Ivory-billed woodpecker）已經滅絕了。全死在工業文明的人類手下。是，沒有一個人親手殺死牠，卻是全人類共同殺死牠們。

又聞一人帶著愛犬在林中散步，遇上一隻饑腸轆轆、身上負有豪豬芒針的美洲獅，現在美洲獅必須把生存遊戲寄託在這隻犬身上，也果真發動攻擊，撲身撕咬上來。

如果是我在場，怎麼辦？

愛犬不能死，獅子就該餓死嗎？每個生命都想活！連我也想活，但我能請獅子稍等下，容我去買一塊牛排來給牠嗎？不，不可能。我只能棄逃，或者以愛之名，從路邊抄起木條，跟獅子搏鬥。（往往，前者的可能更大許多。）

6.

如果這一切都是真的。

我是說：彼時，我遇上獅子所顯的慌恐、卑劣和悍勁，想必天眼都看見了。此外，林中那些尚未被伐去的樹，也都看見了。樹的頭髮被風撥弄著，雙手婆娑，悉悉索索，像在翻動一本書，訴出一段驚人文字：

> 受造之物切望等候神的眾子顯出來……

受造之物服在虛空之下，不是自己願意……
受造之物仍然指望脫離敗壞的轄制，得享神兒女自由的榮耀……
一切受造之物一同嘆息……直到如今。

——《新約・羅馬書八章19至22節》

主啊，憐憫。

輯三

旋轉的影像

洗

母親的一生都在洗。

搭上計程車，她說：「去豬屠口。」（多年後，我才知道「豬屠口」三個字怎麼寫。）車子從省道開去，過兩、三個路口，就上台北橋。橋上眼界開闊，我看見腳下有河水，遠處有山巒。一下橋，很快也就下了車，我認得路牌寫著：蘭州街。

日頭赤紅，亮晃晃的世界，我們卻進了一棟龐大的汙陋建築物，裡頭暗暝暝，走道雜物堆放，四周瀰漫著永遠說不清的氣味，令人難以愉悅，總不舒心。母親的眼睛不甚好，但她總能在這裡找到她要去的地方。

進了屋，燈火昏黑，眼見是一處很窄小的公寓。廚房僅容一人，客廳放一餐桌差不多也佔滿了，房間倒有兩個，一大一小。或許還有個很小空間，不知是廁所或盥洗室。

這就是母親的娘家，她的後頭厝。母親是從這屋子裡嫁出來的，但她小時候並不住這裡。聽他們說，是在雲林，口湖鄉。雲林，天上雲朵成林，悠悠徜徉，這名字真好聽。口湖有湖吧，那也很美。後來又知道，那是窮鄉僻壤，所以外公外婆把目光投射出去，舉家搬到台北來討生活。

生活是討出來的，外公外婆一輩子都在向生活討一口飯，求一份安舒日子——無論是在台北，或在雲林。他們一面討生活，也一面生育。母親是大姊，底下有一個弟弟，七個妹妹。生男孩的概率實在太低，就不敢再生了。

外公外婆整日外出打拚，家中照顧弟妹的擔子都落在母親身上。是那時候才開始母親「洗」的人生的吧。洗米、洗菜、洗衣服、洗鍋盤、洗尿布、洗弟妹的身體，而那時候，她才七、八歲。

她，一個小女孩，用布帶背著一個，手拉著一個，眼睛看著好幾個。從早到晚，就忙著這些家事。以為上了學，可以有些緩衝，殊不知，她天生弱視，即或移坐第一排，也看不清老師在黑板上所寫的字。這樣，她只能成了全職代理母親，整天除了洗，就還是洗。

母親洗累了吧，有一日，一位親戚來，看家中有那麼多小孩，自己卻一個也沒有，心生羨慕。這時，不懂事的母親脫口說出：「你想要，帶一個走吧！」那親戚竟也當真，直接就抱走一個，像在市場上抱走一隻小雞一樣。外婆回家，發現少了一個，母親就說：「送人了。」那送出去的是六姨，叫作淑華。

母親每每說起這件事，臉色都略有尷尬，但是又顯得理直氣壯。她是氣外婆生了那麼多個孩子，又氣自己不會再有的童年就是整天帶孩子。那時她有十幾歲了吧。她是真的渾然不知自己做了一件「驚天動地」的事，而這事也就這樣成了，認了。

長成少女的母親，很自然被派出去打工（也許她正希望這樣吧），貼補家用。洗頭妹，那是母親的第一份工作。母親有一雙手，從小就會洗，她到美容院去做事，專門就給人洗頭髮。給婦人洗，給闊太太洗，給有錢家的小姐洗，給歐巴桑洗，給剛做完月子的媽媽們洗。

不知洗了幾年頭髮，母親就嫁人了。外婆在豬屠口認識一名養豬戶，那養豬戶認識我爸，一個肉販，便這樣把我母親嫁出去了。嫁的時候，她才十八歲，那最小的妹妹，也就是我的七姨，當時才三歲。據說出嫁當日，七姨哭成一個傷心人，大姊如母，從她的哭聲中最有感受。

嫁作人婦，母親的洗成了天經地義的職責。家中從事的雖是販豬肉生意，但是家裡幾乎聞不出生肉味。母親在我幼兒園時，也自己擺攤，短暫加入販肉的工作。我看見父親母親收攤前，都殷勤於洗刷「豬肉砧」，所有刀具砧板掛勾，都處理乾淨了才回家。

自我記事起，母親無一日不洗。掃地，擦地板，擦客廳桌椅，都是每日家事。每月還要洗樓梯，洗電風扇，洗被單。過年前更是洗得厲害，洗窗戶，洗天花板，洗抽油煙機，洗擦神龕……待我們四個孩子稍長，尤其我們讀小學那個階段，每日放學午後四點，她就分配我們去打掃。

母親不曾教我們拿筆寫字，只有手把手教我們做家事，擦洗事物。我有時擦地板，有時擦桌椅。我喜歡擦桌椅。回想那間每日擦洗過的房子，潔爽怡人，我想我可以說，我不是媽寶，我是從小受過訓練的。是她把我們帶進了她的洗的日常裡。

鋼雜，台語，是母親表達一日不洗，見家中不潔爽的用詞。但，若是內心不潔爽呢？她只能哭了。母親每次哭，都震動我，一來叫我很無助，二來叫我覺得不幸，三來叫我生恨，恨那欺負我母親，使她深受委屈的人。後來我懂了，眼是心的出口；眼淚一流，心中的鋼雜就少了，煩亂就減輕了，所有的糟汙也就慢慢洗去了。

不知道哭了幾次，母親決定茹素，她不再吃肉了，連蛋也不吃。她說吃肉，血會混濁。

青菜，豆腐、香菇、水果、穀物，這些無腥無臊的食物，才能使她的身體內外清潔。這一吃，二十多年了，其志不改。從母親成為素食者的那一天起，我感覺她是在洗自己的血。

同吃素一起來的，是她和父親分房了。他們偶爾還會行事，只是每次做完，母親都匆匆走向浴室。我聽見水被撥動的聲音。浴室馬桶水箱下，一直有一個小臉盆和一瓶醋，母親不准我們用，說的時候，有些緊張，好像有什麼事不能明說。很快我懂了，她是用醋水洗下身，洗男人遺留下來的東西。

約莫也是那時候，她更勤於識字唸經了。《阿彌陀經》、《觀無量壽佛經》多是梵文音譯字，用台語怎麼唸呢？她問我，我多半答不上來。她就聽錄音帶，一字一字唸，一字一字認，一字一字學。

父親過世當晚，我站在他的身側，淚流不止。母親則坐一旁，唸誦往生咒，一遍又一遍，一小時又一小時，直到天發白，日頭完全露出。那時，我才注意到，母親已經可以背讀一部經文，甚至兩部經文。至於心經，她更是一口氣可以背誦出來。

每日晨昏在廳堂唸經，成了她的功課。參加法會是她的另一項日常。遇有親友往生，她也必前往助唸。連貓狗脫離肉身，她也堅持為牠們持咒八小時，祈願牠們安然走向清淨極樂。

她的面色慈悲，全心全意，祝禱誦經。這些在我眼中，也是在洗。洗自己身心上的塵埃，包括那看得見和看不見的，人所知或人所不知的。洗未亡人的悲傷，洗大千世界的罪孽。

天地不仁，災禍起，慘不忍睹。她聽聞，心驚未平，「啊」了一聲，就嘆口氣說：「世道太亂，天篩人像篩米糠一樣。」她看自己，看每個生命，都是一個有靈魂的生命。道說大自然，法自然，而生命在自然裡，亦莊嚴亦卑微，亦聖潔亦汙陋。尊重生命，也會尊重肉身。「這身體是借來的」，歸還時，她是希望乾乾淨淨還回去的。

洗淨身心，清爽自在，無冤無債，了無罣礙。在我的感覺裡，她對生命的一切尊重，都體現在這樣的態度裡。用一個字來說，就是洗。好像有時天也流淚，下一場雨，看似把人間困住了，卻

母親懷抱孫子，與孫女。（張芳燕攝影）

也把大地的汙穢給洗了，猶如起初創造時那般清新。
清新如洗，是宇宙永恆的盼望嗎？
但我知道，這是我的母親的生命故事。

酒

朋友知道我也可以喝酒，表示詫異，且問：「酒有什麼好？」我回答他，酒使人放鬆。領略酒有這個好處的時候，我都已經過了三十。換言之，三十歲之前，我的確滴酒不沾。或者說，我視酒如惡。酒池肉林，燈紅酒綠，酗酒成疾，甚至酒駕肇事，通通是形象惡劣的事跡。即或如此，我從小就常被派去做一件事，幫父親買酒。冰涼的瓶裝台灣啤酒。

巷口正對面有一間麵舖，兼賣煙酒糖果雜貨，我從父親那裡領了錢去買啤酒的時候，就順便打賞自己買了一盒森永牛奶糖。三十元去，一毛錢不回，父親知道了也不說什麼。

那時候，酒對我而言，只是大人的飲料。這個飲料使父親的臉色醺紅，語言含混，但可以使他伴著電視，消磨一段時間。

知道父親喜歡喝酒，一日不可無酒，我就想到父親節的時候，送他一對啤酒杯。至今我仍記得，那是我從一本精美型錄上看到的禮品，形狀像一支直立的茄子，上頭有我後來才認識的拉夫・勞倫馬球（Ralph Lauren）的騎士圖案。我興奮地期待那一天到來，結果父親一見禮物，面色平平，近乎冷淡，什麼也不說就任酒杯擱置一邊，閒棄多年。

那是我第一次送父親禮物，也是最後一次，就發生在我十歲左右的日子。此後他沒有從我身上再得任何一件東西，直至他在我二十六歲的時候猝然過世，離開我們。

他過世前幾年，已經戒煙戒賭，但是仍會喝酒。我都不知是誰去幫他買酒，只知我偶爾回家，上樓看他，他就一個人坐在客廳，面對著電視，喝紅了臉，或者喝醉了垂頭盹睡。晚年他已沒有本錢可以出外揮霍，他日日在家像是廣告上所推薦的好男人，不想這時兒女們有的外宿，有的結婚，有的早出晚歸，連母親也熱衷於佛學舍的活動，獨留他一人去找晚飯吃，吃完了就坐在家裡，慢慢地喝著酒。

那客廳的日光燈並不明亮，甚至有些昏暗，照在他那麼癯瘠的、孤單的身體上。這幅畫面烙印於我的心版上。

有日，我終於也喝酒了，是受日本電影的影響吧。記得是在小津安二郎的電影中，看見男人們下班以後，就必往酒館裡去喝一杯。他們坐在吧檯邊，向女老闆點了酒，然後用力扯鬆領帶，喝下第一口酒的樣子，悄悄打動了我。那時我已經來到新大陸，工作的壓力和風風雨雨，使我突然有一個念想：喝一杯酒！

是吧，酒使人放鬆，使人快活。

暮色四合，夕陽餘暉漸去，我回到住所煮了晚飯，打開電視，送進一片ＤＶＤ，就也打開一瓶啤酒，坐在沙發上喝起來。酒入舌胃，微甘微酸有氣味，慢慢使我有了微醺鬆快的感覺。我無妻無子，只有一隻貓蹭跳到我的身上來，但更多時候，她也狠心棄我不理。

日光燈照在室內，我一個人看著電視，常常有那麼一瞬間，就想起了父親。我彷彿走進了那幅烙印於我心版上的圖畫。

氣味原形

南無阿彌多婆夜，哆他伽多夜……哀肅，幽明，我聞到他身上的氣味，久久在記憶裡不散去。怎麼說嗅覺比視覺聽覺更其形上，輕捷透徹，直抵靈界，我因此有些惻然。

線香升煙，漠漠掉灰，氣味不悲不喜。他就躺在醫院地下室臨時搭起的木板平架上，咒符薄巾覆於他體，陰陽分界了。我們愈走愈遠，又愈來愈近，他已有一縷氣味近在我身邊。

是，除了一支拐仔，幾件我不能穿也不想穿的衣物外，我沒有從他得到任何東西。但是再貧，再窮，他還有一縷氣味送我。

夜氣涼濛，深秋是適合悲傷的。他在這秋氣裡，漸漸冰冷了血溫，手腳如水泥般開始硬化。我不曾想去握他的手，摸他的臉，因我的指尖、睫毛、鼻孔，都留住他的氣味。此後二十年裡，我的指尖、睫毛、鼻孔，好像隨時可以召喚這個氣味來。

靈離體在空中，像氣，無所不在。

我走過市場，聞到生腥肉味，好像就能感覺他在這裡。如果我向一個豬肉攤走去，就更能感覺他在我面前。大眼睛，三分頭，很瘦，有時候蓄鬍，用左手剁骨切肉，從不知道怎麼跟我對話。

都說藝術虛構了真實，如梵谷的《星夜》，如宗教畫裡的耶穌。所有事件敘述也是虛構的，再造的真實。多了動詞，少了名詞；加了顏色，減了聲音；填了情緒，缺了獨白。而我無論怎樣虛構他的氣味，都感到徒然。人的氣味無可再造，只能被留住，且無法繼承。

氣味逼近於幻覺，在離宇宙最近的天靈蓋中觸及原形，昔人重現。正在又虛又實之間，能找到所謂的意義，看見不能看見的真實。依然沒有對話，只是默默坐著，直到我讓這氣味走去。

聞一滴汗珠，如佛看一粒沙，是龐複的虛擬世界。是一個人的全部。我因此在每年深秋，聞一聞指尖，就知道還要兩個月，他才會動手做香腸。先把生鮮肥肉瘦肉絞過，入鋁製大盆，添中藥行香粉和58度高粱酒，一面用手攪拌，一面讓氣味猛烈混合。拌好了，灌入腸衣，結繩分段，吊掛成串，送進陽台木製烤箱，用炭火煙氣烘乾。

但他死前已有多年不做香腸，說太累了。仍舊在市場營生，做下手。誰也不攀附他，只有那些生肉味沾在他衣褲上，攀附在他外套上。那些衣物怎麼洗，怎麼曬，總是去不掉氣味。原來是手上、腿上、身體上都收住了味。

我在豬肉攤看著大小排骨、三層肉、豬腳、腰子，看得睫毛顫動，眼睛都快溼潤了。老闆問我兩遍：「人客，欲得什麼？」我才說：「給我一斤絞肉吧，要有些肥。」

我走的時候，回望很久以前，有一個作嬰孩的我，據說就躺臥在肉攤底架上，看著一支拐仔或走，或停。

是誰在問：「人客，欲得什麼？」

花香花魂。（達達・尚攝影）

儀式

進入巷口，我的心突地跳起來，比任何一次都情怯。走到門口，我左右看了一眼，從托特包裡拿出黃色雨衣套上。乳膠手套很緊，出汗。我伸出一隻白手，按了電鈴。

一問一答，門開了。

這是四層樓公寓，蓋了有四十年了吧，樓面窄，室內深長，我後來在阿姆斯特丹的民宿中也見到這樣的屋樓。一層一戶，一條樓梯斜直而上，她在三樓。門戶開著，慵懶的白光透出來。

兩週前，飛機在太平洋上空時，疫策改變，從自主管理變成居家檢疫。出關隊伍冗長，氣氛焦躁。等了兩小時，我還在隊伍中，此時前方傳來消息，說此航班旅客免行居家檢疫。我內心暗喜，這說明抵台第一天，我仍可如常完成一項儀式。

去國二十年，而我住這公寓不過十五年，我已是實質意義上的移民者——即或，我看自己也被他者視為異鄉人。我這浮根之人，總也在每次飛機降落後，無論早晚，都拖著行李來到這裡，要見上她一面。

之所以遲遲未見，終究是被質疑身上有隱藏的毒。瘟疫既看不見，就自然容許各種想像，而由恐懼佔據言語。我訂下旅館，日夜記錄體溫，回報簡訊。除了出門買飯，鮮少與人接觸。七天後，解除自主管理。還要七天，是為他人良心的緣故。

這段日子，我每天用肥皂水將身體澈底刷過。今早穿上送洗回來的衣物，從車站選了伴手禮，過河，而終於走進這個巷口。我的心突地跳起來，比任何一次都情怯的同時，似有一種劫難中的珍惜。

見著了！她看我如此穿著，笑了出來。她請我坐，我不坐。她削水果給我吃，我不吃。我請她也戴上口罩，保護自己。她坐，我站，談了不少話，見她花白頭髮更多了，皺紋更多了。牙齒也有諸多缺損。

蒼蒼老婦年屆七十，身子比一般人羸弱，但不親眼見她，我在此地仍然就像在異鄉流動一樣。多年來，我以此完成我抵台的儀式。通過她，我的浮根聞到了土地氣息，確定了自己。

臨行前，我走到前廳，見掛在牆上的遺像。那是我父，是他留下這公寓其中兩層給我們。風中雨中，這裡仍住著一名老婦人。

媽，我走了，妳多保重。

你自己捺愛細膩。

好。

再見！

骨灰甕

相片寄來了，我從他的眼睛裡跳進一幅畫面，那裡也有他的眼睛，寫著一個東西叫作：指望。這是我很久以後才知道的。

清明掃墓，打開祖墳，發現墓穴滲水潮溼，坡體微陷，先人的骨灰甕破裂。只有他的甕未裂，帶著一丁點損傷，極難辨識。破裂的甕是非換不可的，但他的甕有更換的必要嗎？

佇立窗前，世紀大疫仍將我阻在大洋外。賴（LINE）上賴下，我總想：靈魂是什麼？魂魄真的寄居於甕中嗎？（花葬、樹葬或海葬者，魂歸何處？）亡魂還受墓甕的拘束嗎？

亡人還是人嗎？

他，還要用到拐仔嗎？

我用他的眼睛，看見他自己一隻萎痺的腳，以及身旁一支拐仔。那時候，他所看見的世界是什麼樣的呢？他才三歲，淺淺的心靈是否明白要過異於常人的一生？他如何丈量自己與學校和社會的距離？他又如何解讀眼睛裡所見的他人的眼睛？

到底他眼中的自己是什麼樣的？

前日，春風吹來一場四月雪，迷迷濛濛。雪如英似絮，很快鋪滿一片屋宇。但只消一天，也都揮散去了。陰天潤土的，不知怎麼，常想起一位兄姊勸告我的話：「我們不從人指望什麼。」這才知道，原來我亦是有指望的。

我指望社群安康，指望一支大保護傘，指望未來繼承者的良心與善待。一如蜜蜂指望花開，海潮指望月圓。一如人民指望領袖，難民指望庇護，同志指望平權，友朋指望相助，商賈指望人流，信徒指望主的再來，白蘭琪[1]指望陌生人的憐憫。

一如，他生下我。我用他的眼睛看我自己，看見了指望。我何曾是他的指望？我到底是他的指望！

1 參《慾望街車》，田納西・威廉斯的劇作。

異域隙駒，愈是孑然一身，愈是惴惴生出指望之感。彷彿那是可以聽得到，看得見，親手摸得到的。也因此，他又從我的心裡長出來，身影煢煢，不知不覺將我們的步履拉近又拉近。

我正走向他，或他正走向我？

影城第二代老闆是小學同學，大清早，他隔洋傳來五張遺像。一張黑白，四張彩筆著色。我選了原款黑白。那才是我記憶中的他，是那雙眼睛看著我長大，上高中、大學、服兵役。我幾乎能從那像中聞見他的氣息。

也是前陣子，看韓劇，見男主於親者忌日祭拜。遺像立中，屏風於後，一矮桌豐滿牲禮。男主凝視亡人一眼，爾後跪地叩拜，再拜。我看著，竟一時收不住哽咽，涕泗無聲流下。

我們終究為他選了一個青石雙層防潮骨灰甕，作為他的新厝。一吋黑白遺像就貼在甕上。他在那裡嗎？是，都說在那裡。他在那裡嗎？不，他也許就在世上一切的指望裡。

世間所有指望都叫我看見他。

而我能給他的，只有一個新甕。

是嗎？爸！

愛過大稻埕

台北深秋，日影轉折，季節也在轉折。昨夜下過雨，聽說了，伊已交上一位朋友。伊寫賴（LINE）來，約我們吃飯，問去哪？回大稻埕。上星期，我才來過大稻埕，未想如此愛上這裡。

愛，直見性命。

捷運橘色列車穿越淡水河下，只一站，就到大橋頭。淡水河不是塞納河，我也不是一腳就跨進右岸，而是從另一城市走出地面。認了指示牌，途中又問路，很快看到大稻埕主街，迪化街一段。

久聞迪化街，離我家亦近，一水一橋之隔，而已。我來找「青鳥居所」，一家朋友推薦的書店，但我不知不覺「迷失」於一條街——從我踏進來的第一步，第一眼開始。

兩進式閩南屋厝，木磚結合院落，一條商店街。百年店鋪，山牆行號顯著，年貨大市集。那些整飾過的騎樓門面，透出潔新歷史古意，陳立在眼前。商行、茶行、中藥行、陶藝店、咖啡店、糕餅店、竹木店、小吃店、文創商品店、飲品店、各式特色餐廳……我入店，看貨，跟店家交談。二樓也有商鋪，拾級而上，倏忽，一個畫面跳進腦海——

我來過！

很久以前，我似乎來過大稻埕。

那是能記憶的年紀，我卻懵懂，不知所至。惟一確定的，是阿嬤帶我來的。（我跟阿嬤一同出門的次數不多，都是坐公車到中山北路，舊美國大使館旁的巷內私人診所。她因早年負重勞作，落下一身腰椎痠疾，經人介紹來打針。）那一天，她說去看一位親戚。她必定說了這位親戚的稱謂，或許叫嬸婆吧，可我不懂，也記不住。倒是路程近，這是記住的。此外，就是前未所見的木造兩層老房，隨梯拾級而上，轉彎處見走廊連通前屋後舍，留下陰涼古樸又潑光清朗的印象，那麼稀奇卻也片段模糊。

模糊的記憶醒悟過來以後，阿嬤已去世十多年。我真的去過大稻埕嗎？那麼近的地方竟成了一個遙遠的問題。一日詢問母親，阿嬤的後頭厝在哪裡？母親支吾不詳，先說問大姆[1]才清楚，後說好像台北橋或大橋頭附近。這就對了！一絲不甚肯定的答案，仍使我相信，我並非第一次來大稻埕。我到過這裡的古厝老宅，甚至我和這些厝宅有著某種親緣的聯繫。

阿嬤姓連，她是從這裡嫁出門，隨了一個姓陳的男子。爾後確定的，和大多數女子一樣，她的人生便從此轉折了一條路。當每一個日子都戴上面紗來的時候，人也只能在夜幕熄燈的當下，知道這日子是長什麼樣的。生四子（夭損一個，小兒麻痺一個），夫外遇背叛，離家棄子，在在不是這個弱小女人所能想像和承擔的。

不能擔，也得擔，咬住一條破命走下去。

「鯉魚The Carp」，迪化街一段169號。與伊聚會日，不見河水，只見陰天涼爽。那時疫毒未現形跡，地球仍是一團密集交錯的線狀球體，世界熱火朝天不知崩解將至。百年大稻埕變了，卻又沒變，一樣的是人進來貨出去，只是看起來更體面，更多元國際。

老屋中煮著精緻台菜創意料理，三人落坐後進中庭。時值中午，右桌坐的一對金髮男女

1 台語，指「大伯母」。

說的是法語，對面坐的幾個外族人說的是英文。遞菜單來的女服務生說的母語是廣東話。未上菜，伊的開場白就是要爆料。哈，爆自己的料。伊確實交了一位朋友，洋溢喜氣，說參與了一項療癒課程，像以色列人出埃及，過紅海，重獲一個新的自己。

烏魚子炒飯、台式鮑魚粥、去骨油雞、炙燒松阪豬、花瓣烏魚子薯泥夾心……每一樣都好吃，驚嘆相識恨晚。如伊與朋友相識在課程中，惺惺相惜，彼此理解，進而正式交往。

那日漫步老街，據說碼頭隔街咫尺，流水光陰，阿嬤也已去遠。生於一九〇五年，彼時台灣割讓日本已有十年。想像著：日治下的她在大稻埕做什麼？她的家庭又是如何的？我現在所踏足徑是她童年時也走過的嗎？這些或那些，都不曾聽人說起。

商店街名不虛傳，每間店鋪都有新意思，也浸染舊味道。午後時分，我從這家走走，踅到那家看看，所見事物琳琅有致，商家陳列也用心，有誠意。我看上一瓶金獎鵝油金蔥，一件埃及有機棉質黑色雙領斜開襯衫，一張在地導覽精繪地圖……

有沒有一張阿嬤的生命掌紋呢？她拉著我幼童時的手，堅毅而沉默，多恩而少嚴厲。我們緩緩行過街巷，穿越車水馬龍，彼時，她手上有太多細節是我人生經驗看不到，也不能領會的。想必她也有心事無人可說。難道那天她去找嬸婆是為了遣悲懷嗎？

未收篋雲散天際，半如愁黑，半如溫玉碎。不，那天她出門，心頭並無沉甸甸的東西，這點我從她手上還是能感受到的。她像是去走親戚，見老朋友，人生幾何呢，她的世界也不過這河窄小兩岸。

伊一面吃飯，一面在微涼風中說到自己。伊將心中抽屜打開，一件一件取出來。我將伊的話配上美食，滑入慈悲心腸。是，經上說：慈憐的父，安慰的神。伊與我同有一本聖書，這真是比幸福更幸福的事，也是比悲傷更悲傷的難題。

神說有就有，他命萬物各從其類。（豈知，或有難以歸類的?!）光與暗，黑與白，靈與肉。天空飛的，地上爬的，水裡游的，各形各類清清楚楚。真是這樣嗎？不不不，後來才知道，生命是個大奧祕啊！站在奧微的生命面前，或以溫柔，以謙卑，以尊貴的人性。

造物主造人，那書說男是他造的，女也是他建造的。聖靈成孕的人子是神，也是人。所以他懂啊，人性即神性。他懂啊，一切與生俱來的，是受造之物都有的血肉之軀，是生而為人都渴望有的身家安居。他懂啊，從未有世人口中的妖怪，只有被棄絕於世的荒人，和以眼淚與更多眼淚為食的靈魂。（而這些靈魂有的真摯良善，有的才華非凡，有的也虔讀聖言話語，宣揚國度福音，述說大愛無極無限。）

凡從天來的人的生命，不都是神眼中的世人？（如：生來瞎眼的或瘸腿的是人，生來左撇子的或鬈毛的是人，生來性情柔巧的男人是人，生來愛戀同為女人的人也是人。）當否定傍依於失去序類的恐懼，便是興起有形與無形的踐踏、侮辱和欺凌了。

想起阿嬤不曾有何堅固信仰，她只在乎身邊有錢，死後有人為她哭喪。曾想：假若當初，她提出離婚，再嫁他人，她的兒子們會反對嗎？事實上，父親，也就是阿嬤罹患小兒麻痺的那位兒子，過世以後，母親也試探性地問我：

我若再婚，你有同意嘸？

突來這一句，我血壓上衝，以光速思想的運轉熱度差點燒掉腦子之後，我答：好啊。但我知道，感性上我不同意，我還不懂如何面對「新父親」的加入；是在理性上，我才說出同意，因著漸漸理解人生與愛。

伊的性與命，人間的情與愛，是極複雜又非常簡單的問題。儘管科學研究在變，心理學在變，萬事萬物都在改變，我也只知道：人沒有分別。神的愛沒有分別。愛騙不了人。經上說：信望愛，最大的是愛。

啊原本，愛與謙卑該是有信仰之人的身分證，可惜我們常拿不出來。我們以傲慢之姿，敲響愛的鑼鈸，卻如空谷之音震盪著羞愧回聲。我們以恨神所惡的為榮，卻忽略了活神所活的。

真的有神的存在嗎？

至善至聖的追求者，總是挪一小步，就是極險極峻的深淵。同樣，至真至美的修行者，一不小心，也就走上另一條邪僻之路。這是世上最神聖最奧偉也最細微的「山稜線」。

夕暮落盡，天暗暝了，我才想起我的「青鳥」。青鳥在哪裡呢？見兩名國中生迎街走來，我問他們青鳥呢？他們一個拿出手機，雙手按兩下，說關門了。才六點半哪，我心想。

伊走出為奴的埃及之境，宣稱獲得自由，迎向「正常人」的新生活。飯後，我們轉去一家咖啡店，聽伊吏悲慘的故事，但也開開心心地拍照。我們在敏感的秋光中展露笑顏，卻也隱約不知明日將如何。

阿嬤晚年體力衰敗，臥床多時，時間將她的生命光華啃噬殆盡，只剩下一張老皮。逐漸失智的她也遺失所有人世悲歡。她見我來，認出我，喚我的名，就問：「你一個月賺多少錢？娶某未？」五秒後反覆。她不知我已回答她八次了。當然她也不知，此後台灣會通過通姦除罪化，實施同婚專法，還有第一位女總統連任成功。

與伊告別時，我們未擁抱，只是化感慨為祝福。人生路彎折無數，雖有清明，但也雨紛紛，不走也走。下一步可能只有一個答案，也可能走過了，才知道真正的道路是跨越在一條繩索之上，每一步都忐忑，也都安然度過。

青鳥歸去，迪化街倦了，我被不斷熄燈的店鋪留置在時空交駁的街道上，心底卻也感到新世代的遞嬗隱然發生。大稻埕重回城市的目光，我與阿嬤幼年的身影併行，不覺更加眷戀這座城市，似有不能割斷之繫了。

過了南京西路，到塔城街。我回頭，看見一棟街角洋樓，光雕巴洛克石牆，便取出手機，喀嚓！拍下一張照片。台北車站怎麼走呢？

走到底，左轉就是。

夜色中，一名男子這樣對我說。

附靈者

母親在電話中說歐巴桑往生了。

◇

歐巴桑闔起眼睛，坐在圓木椅凳上。壇前眾神有的慈面，有的凜然威武，有的持稻穗，有的佩劍。而壇上真有一把帶鞘的劍，身紋北斗七星，預天之劍，神之劍。香火似是終年不斷的，只有因我們來了而更旺。

母親晚飯後，每日都帶我們來一處民宅。說是民宅，裡面卻住著許多木頭人，不，是神人——又不，母親說就是神。這是神住的地方。母親添了香油，從香筒中抽香，點燃。她跪墊在神面前，舉香敬告。香煙逶迤如蛇，被火召喚出一種神祕象形文字，母親半盲眼睛從那緲緲升浮的曲線中看見自己的心念，一絲一絲被神接收去了。

拜畢，她跟歐巴桑談了話，歐巴桑就起身，坐在那張圓木椅凳上了。歐巴桑身形瘦小，燙半鬈頭髮，穿短袖小白花衫，深色七分素褲。平時在離我家不遠的巷內賣早餐，清粥小菜。她住的地方就在店面牆後，從店旁小水溝進去才能找到門口。歐巴桑面對神，扣眉凝息，念力一鬆一緊，非常認真。她正在叩一扇我們看不見的門。

門開了，風雲捲動。歐巴桑鼻息噴氣，開始甩頭擺手，撇嘴飛沫，接著赤腳頓足，一頓再頓，渾身陽剛之勁，如一頭即將失控又自制得宜的街頭舞獅。歐巴桑的眼睛似開未開，眼珠似有若無，已不像平日所見和藹。

他們說：五穀神帝來了！

五穀神帝就是坐在壇中央，豎眉持稻，粉紅赤身，以草葉作圍脖兒和短裙那位。他們說神帝教人耕農，也親嘗百草，祛病消業。歐巴桑穿入時空結界，現在她說的話就是神帝說的話，她批示的意旨就是千年神靈所批的意旨，她眼睛所見的人事就是天神所見的人事。

母親命我雙手合十，在跪墊上接受神帝診療。母親說我鼻子有病，早晨起來總打噴嚏，一直不好。神帝闔著眼睛，也能看見我，祂說我天靈蓋高，是個聰明孩子，長久流鼻水打噴嚏，會流失腦髓，不能不慎。於是，命人給祂令旗。神帝用一把小三角黃旗，在我身前身後揮一揮，揮一揮，又在我鼻梁上碰一下，走一走。撤旗，取劍。看得出劍身頗沉，歐巴桑舉起來並不靈活，得用肌力。歐巴桑坐在椅上，抖動雙腳，右手持劍，然後伸出舌頭，用劍刃劃舌出血，她的女兒以符紙接血，五六張或六七張。神帝說把符燒了入水，早晚服用。母親遵旨說好。神帝命人收劍，而後雙手放在腿上，依然甩頭頓足，只是力道減輕許多。神帝沉吟，似乎還有話說，眾人靜候。卻不然，不說了，擺了一道手，撤去吧。我離開跪墊時，彷彿也離開一股氣勢，直到弟妹也受令旗護持後，我才看見那氣勢如膨脹汽球在破漏走失，逐漸縮小，縮小，小至皺紋浮出，歐巴桑又現慈臉。

回家路上，我抬頭看見月亮一路隨行，那是今日我在大洋彼岸所見的同一輪月亮。夜色如初，掛上母親電話時，我抬頭想起歐巴桑的眼睛。那麼多年過去，我一直想打開她的眼睛——

不，我是想叩問她的眼睛。

她那些年坐在椅凳上的時候，真的看見我了嗎？她看見我是誰，我將去哪裡，會成為什麼樣的人嗎？她看見我的腦髓一滴滴跟著鼻水流出時，是否也看見我的情與慾，罪與善呢？

母親每日帶我們去那裡，跪在神壇前，她所相信的如果說是神力，不如說是歐巴桑眼皮下的那雙眼睛。那雙眼睛看見她的悲苦，理解她的為難，聽見她的骨頭哀哼，與她一同嘆息。但那時候，我相信母親也願透過歐巴桑的眼睛，像面對神鏡一樣，看見自己的未來。

未來是什麼？

不知何時起，我開始關注未來。地球的未來，或生態的未來。好比說，窗前這隻青鳥能存活得好，所仰賴的是有草有木。而草木能存立，又環環牽涉一系列生態，甚至是人類都市開發。（一說到都市開發，問題更多了。）我見過野貓上樹撲殺青鳥，也見過機場接機大廳外鳥群撞擊玻璃帷幕而當場慘死。沒有鳥的未來會是什麼呢？

當然我更多隱隱思想的，是自己的未來。我是在觸及了「未來」，並考慮著它的時候，才好像踏入母親的心門，知道生命不確定的形態，如一縷香飄浮；知道生命薄脆的聲音，如擲一次筊落地；知道生命匍匐前進的忍耐，如一遍又一遍地叩拜。人生多少困境，只能在矛盾中自我解放。是誰說的？在人類屬性中，永不缺席的脆弱性，最為珍貴。

母親面對五穀神帝的虔敬，以及對預知未來的渴望，使我憐惜。「人生就是來呷苦的」，是她常掛在嘴上的話。但到底，歐巴桑眼皮下的那雙眼，給了她什麼呢？那雙眼在看見她的恐懼和渴望時，終究只能給出一道道血符嗎？令旗揮揮，歐巴桑眼中所見的惡運惡業，就都退去、退去！那是神聖又可笑，幼稚又充滿希望的手勢。

人逝，手影凋零。我仍想知道：那眼睛裡（我幾乎想鑽入，開那兩扇窗）所看見的全部，有什麼是可以說，不能說，不想說，不敢說，或者根本說不出來的？歐巴桑能看見她的符水其實比不上一顆過敏藥嗎？五穀神帝已經看見眼前這患鼻炎的小孩，很快就要脫離母親掌控，一個人單飛出去嗎？

是啊，單飛那一日，我才十三歲。我在廁所隔間脫去衣物，換一身深藍素服，走入會場。我步上台階，再下台階，入池中。兩位年長男性立我左右，陪我面對數百位信徒。年長者仰天禱告。告畢，兩人伸手，一隻疊我頭上，一隻按我肩頭，即奉聖父聖子聖靈之名，為我施洗。他們扶住我，使我仰身浸入池中，池水一旦漫過我，就將我扶起。登時，聖樂奏響，眾人合唱：

完全了了，完全了了！
從今以後我完全了了！
不再是我，不再是我！

乃是基督在我裡面活！

他們說受洗是埋葬舊人，穿上新人。新人就是基督。我如今是個藉聖靈而得重生的人了，「哈利路亞！」我一面用浴巾擦拭臉面，一面大聲向會眾呼喊。會前因緊張而忍不住狂抖的我，此刻只感到喜樂平安，像隻小麻雀一樣又步上台階，再下台階而去。

連耶穌也受洗，那幅圖畫是這樣的：當下，耶穌從加利利來到約旦河，見了約翰，要受他的洗。耶穌受了洗，隨即從水裡上來。天忽然為他開了，他就看見神的靈彷彿鴿子降下，落在他身上。從天上有聲音說：「這是我的愛子，我所喜悅的。」

我日後成了基督徒——歐巴桑的那雙眼睛早已看見了嗎？那雙縱橫永古的「神眼」，可也讀過希伯來人的經書：「除了我以外，你不可以有別的神」；以及，「除他以外，別無拯救；因為在天下人間，沒有賜下別的名，我們可以靠著得救。」啊！我將離開那雙眼睛很遠很遠了。我將去的地方也有一雙眼目如火把，鑑察人的心思意念。

即或這樣，母親和我都未曾離開禱告祈求的生活。母親所祈的看似平常，實為夢幻。她祈求走入平安富貴福地，摒掃一切恐懼。這正是她所立的人生憲法。之所以如此，是因她眼中常浮映恐懼的青色腦風景，諸如：貧窮病苦，兒女不孝，遭人棄老，未死透即被火化，陰間生活未得寧和，修行不足未能得道，今生之業障使來世未受福報。

而我呢？我所求的又是什麼？

想起一段經文記載：一日，施洗約翰同兩個門徒站在那裡。他見耶穌行走，就說：「看哪，這是神的羔羊！」兩個門徒聽見他的話，就跟從了耶穌。耶穌轉過身來，看見他們跟著，就問他們說：「你們要什麼？」

大哉問！如果是我，我該如何回答？

門徒一時也不知如何答，就說：「夫子，在哪裡住？」

我讀了噗哧一笑，想像兩人窘迫又不得不回話的模樣。只是，他們真的答不出來嗎？是不能答，不敢答，或者難以啟齒？是怕說了俗氣嗎？又或者，他們其實對這位其貌不揚的耶穌還沒有十足把握，「這真是神子嗎？」

耶穌一看，好像也明白了，很坦然地說：「你們來看。」是的，在神子眼皮子底下，還有什麼可說的。他都懂。他懂我的卑怯，懂我的好惡，懂我的自私與軟弱，懂我的信與不信。

到底有沒有神?!

一次偶然間，我聽聞母親也坐上一張圓木椅凳了。

她穿破天地奇詭結界，叩了誰了門，為哪位神尊效勞，她不主動說，我也從未問。風雲起，她也甩頭擺手頓足嗎？我的眼睛穿越萬里千山束縛，來到她的跪墊前，面對她那雙似闔未闔的眼睛。媽，您看見我了嗎？您看見我在大洋外的生活了嗎？您看見我內心深處的祕密了嗎？

據說她做的是最低階的神差，極偶爾為之，就是幫小孩收驚。驚與懼，難分難捨。驚收去了，恐懼就蒸發了。但是，驚懼還要來，就像雨還會降下來，灰塵還會撲上來。一直來。雨水匯聚，成流成洪。惟流可安歇。驚懼代言平安。平安夜，是因大衛城降下了聖子啊。

充滿我！充滿我！
願主聖靈充滿我；

將我倒空，將我剝奪，
願主聖靈充滿我。

坐在會中，我同眾人一同引吭歌唱，沉浸其中。一時一刻，總有宇宙重疊，天人合一的感動。殊不知，日夜埋首於文字中的我，也曾想從宇宙隙縫中，偷取一個名字，召喚一個人物出來。「來吧！來吧！」都說寫至方酣處，人物自己會完成自己。

我將生氣吹在那人鼻孔裡，用延續千年的中國文字寫下他的名字，並在一地立了一個處境，就將他安置在那裡。我從他的眼睛裡看到一場荒唐而扼阻不了的大瘟疫，又看見一場因「情仇」而生的國族戰爭。炮火連月，彈片削腿去眼，家園殘廢生煙。我看見他在搶救生命。我看見他在協助動物園撤去他國。我看見他在含淚悲慟。

春料峭，他穿上厚重大衣、皮靴，左手拉一件行李箱，頸上吊一個大包，右手拎一個書包，胸前併掛一隻白貓，一隻青虎斑貓。他的腰帶還繫一條紅牽繩，綁在一隻白趾黑狗頭上。小狗微笑吐舌，翹起尾巴，散開白花。他出走了。他走在寒薄村莊的逃亡路上。

他看見我在看他。

他用眼睛問我：「你要什麼？」

（幾時開始，彷彿領會了，真真假假才是人世的內核，才是人間道，才是世間相。）我看著他，對他說：「你，在哪裡住？」他說：「你來看。」當下，我跟著那人走，有狗有貓相伴。

夜色洶湧，星辰模糊晃動，我和那人裹著借來的毛氈被，坐在草地篝火旁。青虎斑貓來蹭我，她叫小美。她跟我以前養的貓長得很像，只是那貓過世了。我抱起小美，撫摸她。摸著摸著，我閉上眼睛，一時有所感觸。我看見我所要的，就是這樣。

就這樣，和一個人靜靜坐在一起，心懷將來未來。

同欣同悲。

溫泉燈泡

一進門，便看到溫泉浴室，往旁邊看，是墊高的堅實木板嵌一大片榻榻米的客房。拍了照，傳到群組。

第一晚就入浴溫泉，在這七月盛夏。

但我總算有了真正的硫磺泉水，再不是粉末泡出來的，而且應有盡有。這就不禁貪婪起來，早晚都入浴一次，反正沒事——不，反正不能出門。

浴室一盞燈泡壞了，其實壞了又不算壞，剛開時是好的，約一分鐘後就不好了，光體不斷閃爍，像小星星，像一自抽筋的舞步，像一個身體隨時就要報廢但又可能恢復正常地處在「希望游離於成毀邊緣」的情緒狀態。

處女座的我思考了一下，畢竟不是什麼大事，也就不打電話請人來修了，何況他們一定會以最堅強的理由婉拒前來。即或這樣，要我完全忽視這燈炮也是不可能的，我只能忍——這不，全世界都忍了快三年。

泡溫泉還是挺享受的，全身赤裸在湯中，被富有礦物質成分的溫水包覆著，肌肉漸漸放鬆。不知嬰兒在羊水裡是怎樣感受，只知道他們被孕育在一層一層的庇護裡，以未進入人的世界並接受其負擔的人的身分而活在那浮動又安全的環境下，那麼黑暗又那麼潔白，怎麼想都是生命中最奇妙的時日。

浴室像客室一樣有大窗，外頭是公園，是山屯，是青巒。所謂綠滿窗，正是這樣的。那一棵棵蔥鬱的榕樹或椰樹，必也是從一粒種子長出來的，不是嗎？現在它們都長大了，像樣了，身上爬著不少聒噪的蟬隻，整片叫聲像自動灑水器旋轉時所刷出的嘩嘩水聲，沖擊著島嶼的夏天，也淹沒了一座城市的喧囂。日間，人浸在溫泉氣氳裡，恍惚間以為不是蟬在叫，而是樹在叫。樹怎麼有那麼多話要說呀？那是萬籟間最著急的聲音了。

唧——唧——。

明天，我就可以走出這間溫泉旅館了。明天，我就將在醫院門口會見我的母親，一同去看檢查報告了。

我匆匆搭機入境，等的就是明天這一刻了。燈，一閃一閃。

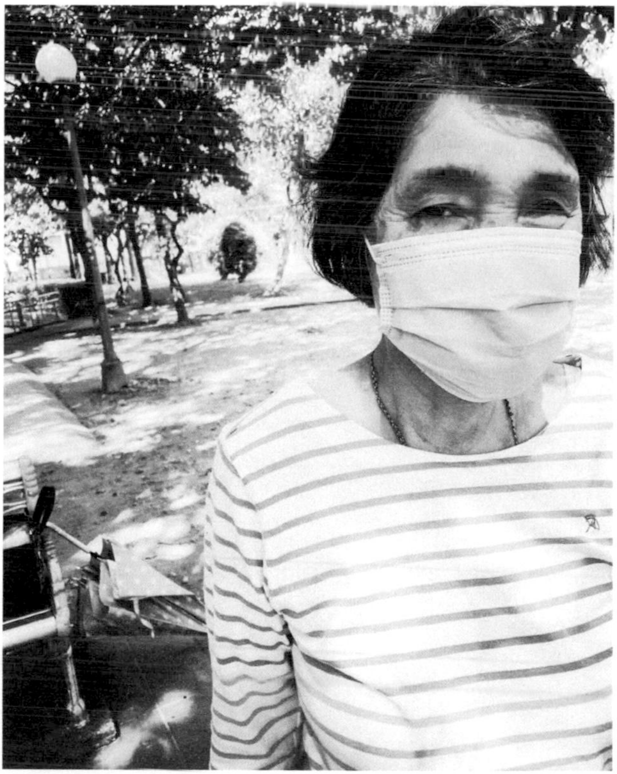

病後正出外散步的母親。

目光隨瀟灑而去

很多年以後，我才知道我所迷的女偶像，都有一個特質，那就是靈動深邃的眼睛。千思萬縷的情緒，千言萬語的台詞，全放在一雙眼睛裡，極有分寸地釋放、再釋放出來。如《阮玲玉》、《甜蜜蜜》、《花樣年華》裡的張曼玉。

張曼玉出席金馬五十，穿一身深藍色蕾絲低肩禮服，配戴鑽石手環項練，雙手插口袋，從紅毯那端走來，優雅自信，著實迷倒了我。那是我心目中風華最盛、最美的張曼玉。

她和侯孝賢導演合作的金馬形象廣告，俏麗鬈髮，明眸閃亮，風吹豹紋衣裙，微笑走向鏡頭，立定，揮手劃出50字形，從容俐落，氣韻大方，看得我心蕩神搖。我像被施了魔法一樣，每看一次，就一次被攫獲在她的風采裡，迷得忘了所有塵世俗物。

既說到侯導，也是在多年以後，我才知道我所迷的男偶像，都有一個特質，那就是瀟灑。《戀戀風塵》、《風櫃來的人》、《悲情城市》背後都有一個風一樣的男子站在那裡。他看青春的苦澀悵然，他凝視生命的不知所以，他對待命運的沉重莊嚴，一直是輕到不能再輕、淡到不能再淡的一聲喟嘆，彷彿本來就是這樣。

跟著他的《珈琲時光》的軌道交錯，心情緩緩沉澱在東京清明的天光下；隨著他的《紅氣球》走在巴黎的街道上，感受梧桐樹影映疊在車內之人的日常真摯；循著他的《刺客聶隱娘》的笛聲在山芒間迴蕩，產生因對生命的覺醒和抉擇而有的觸動。

見過侯導兩次，一次在台北之家，一次在紐約影展。聽他說話，那「氣口」既草野又文學，真真是從台灣民間土地上長出來的藝術魂魄。他那一身活生生的「江湖氣」，在電影的冰山結構下，只顯露最溫柔、最蒼涼一角，然後注下一道稀微光線，最後留住一個敘事者的身影，不羈不溺，惟有瀟灑。

但是，最初看到瀟灑，是在更早以前，也就是像賈寶玉那樣的少年時，從一部電視劇《楚留香》中見到的。人稱楚留香是「強盜中的大元帥，流氓中的佳公子」。他犯案之後，現場必滿溢鬱金香味，故又稱香帥。

香帥生性雅逸，舉手投足間充滿男性魅力（他的彈指神功就是現代《上海灘》小馬哥的手槍啊），又因他對女性多情體貼，輕易地就叫女人託付真心。最能概括他的瀟灑的，是由黃霑和鄧偉雄所合寫的主題曲：

湖海洗我胸襟，河山飄我影蹤，
雲彩揮去卻不去，贏得一身清風。
塵沾不上心間，情牽不到此心中，
來得安去也寫意，人生休說苦痛。
聚散匆匆莫牽掛，未記風波中英雄勇，
就讓浮名，輕拋劍外，
千山我獨行不必相送。

人生悟此「一期一會」，情我不執，便也是瀟灑了。

與楚香帥同時出現在我生命中的，還有一人，他就是黃哥。黃哥大我六歲，那年他高四，從澎湖來台北準備考試。黃哥是個基督徒，但我不是。我雖不是，卻又跟著他和他的同伴們，常常聚在一起讀書。

黃哥有原住民血統，面孔輪廓頗深，他漸漸成為我的「偶像」，也是因為瀟灑。譬如，他很愛笑，憂愁的時候也笑，笑時嘴咧得很開，胸懷自然而奔放。他也愛唱歌，彈得一手好吉他。讀書休息時間到了，就看他一把吉他上手，弦一撥弄，唱起歌來。他的歌聲好聽，音律又準，使我看得入神，心生羨慕。

黃哥不向我傳教，但他教我唱歌。他親手在卡片上寫下一首兒歌，送給我，再一句一句教我唱：

親愛主耶穌，求你聽我的輕訴，
我有個小小心願，獻在你面前：
不論何遭遇，擺上我短短的人生，
愛你更深更深我主，你外我無所再愛慕。

那是我第一首能背唱的詩歌。也就是從這首歌起，我不知不覺走進一個全新的領域，步入一條全然出乎意外的人生軌道，而後恍然發覺，「這條道路一去不再還原」。

黃哥沒考上大學，回了澎湖。隔年寒假，我隻身飛去澎湖見他。冬天，澎湖的風好大好冷，每一道風都能穿牆透石進來。有時，我獨坐在海邊看浪濤；有時，黃哥用摩托車載我去遊覽群島。那大概是我最後一次見他了吧。

再聽到他的消息時，是結婚了，來到本島。後來，便是他罹癌去世的消息。隨這消息傳來的，是一張他躺在病榻上的照片。他憔悴的臉上掛著笑容，手中舉一紙牌，是他親手寫的：

勿悲傷，請唱詩。

輯四

逐漸降落

白馬飛向秋陽

多年前認識娜娜，娜娜不認識我，反正她永遠也不會認識我。我把娜娜忘了很多年，其實也沒忘，只是沒理她（反正她也不會怨念我）。今天，我想起了娜娜。我帶著她坐上白馬。

我確實有一匹白馬，她在攝氏六度的金燦秋陽下奔跑。我想，是這秋陽召喚了我們。這是深秋的太陽，在陰沉又妖風狂亂的多日後，終於露出了臉。卻誰也知道，這是秋陽的最後一搏。

州際公路480號，一路向西。原以為能僥倖再看一點殘存的楓紅，可眼前都是無法抑制的荒涼，像一種近乎完美的憂傷。如同我的憂傷。我已經悶悶不樂，很有一段時間了。

我眼中的秋天，到處都在瘦。只剩下這片驕陽，喔還有，娜娜。我請娜娜唱歌吧。娜娜跟安哲羅普洛斯都是希臘人，沒關係，反正我也是台灣人。娜娜是一道從天上來的清泉，不

秋天的凱恩斯學院一景。

然她的聲音怎麼就能這樣撫潤人心?!娜娜唱什麼，我不在乎，我只感覺有朵白玫瑰，純潔如水，琤琤潺潺。彷彿眼前有愛琴海的明藍海天，有滌過憂傷的秋涼。

白馬啊，她也被娜娜感動了。此刻，她奔跑在公路上，跑得酣暢盡性極了。雲舒卷，風清揚，她健壯的四蹄輕靈的輕靈的，叫她感覺自己不是馬，而是一隻美麗的白鳥了。世界都在她的腳下，眼下。

險些被風刮走的人，如落葉般脆弱，而我們都用一生的時間，在奔向對方的眼睛。謝謝你！娜娜——Nana Mouskouri。

北緯41.3度

盼望著，盼望著，東風來了，春天的腳步近了。

C城，北緯41.3度，我們老早就等著春天，盼望著春天。不是嗎？去年十月中旬，暖氣就開了，這一開，都大半年了。走過小雪、大雪，歷經小寒、大寒，聽見驚蟄，立春了，但是過了清明，下了穀雨，眼看都要立夏了，暖氣還關不起來。

春天的腳步真的近了嗎？是，又不是。

三月底，我把四隻浪貓從陽光房請出去了，大家算是平安又度一個冬天。雨，也紛紛，也霏霏。空氣溼潤了，泥土溼潤了；門口的水仙花，每年都率先抽苗吐蕊，盈盈綻放。鬱金香也開了。街上隨處可見一排排花樹，白的，紅的，粉嫩的，全鬧起來了。

春消息如此明確，但溫煦的陽光在哪裡呢？太陽乍一現，又消失了。天上湧動著雨做的雲，整座城市像塗上一層油水做的濾鏡，飛過去的鳥都以為是一隻迷路的魚。太陽被晚娘綁架了。

氣溫在攝氏5度徘徊，上週我真的氣了，任性去關了暖氣——我在向誰抗議呢？戶外，浪貓抱團睡在我前廊椅墊上。室內，我瑟瑟發抖，頻喝熱水暖身。幸好還有電熱片，我家的貓告訴我，她要一輩子跟電熱片相守到老。

春天盛放的枝垂櫻。

十九個春天；我在北緯41.3度，盼望第十九個春天來到。我也終於明白，不是什麼事情都能盼來的。春天再遲，只要地球在轉，我們在大氣層下呼吸，春天總是能盼來的。但是，那個人呢？那個人不來，我盼著盼著，跟著地球轉著轉著，還是盼不來。

像這只杯子

小時候家裡喝水用碗，長大後，我才有杯子。那時上了高中，我離開父母，住在外頭。書桌整理好了，想喝水，於是學大家去買了一只杯子，馬克杯。杯子往桌上一放，一切安定下來。

碗和杯子，常使我動心。

故宮文物，我衷愛書法和瓷器。初見汝窯，如見我心，屏著氣息觀看，卻捺不下喜悅愛慕之情。一只碗，溫潤天青色，曖曖內含光，超然絕俗。是一篇氣韻優美雋永的詩文。

以後到京都、巴塞隆納或台南，必帶的紀念品，常是碗和杯子。走進跳蚤市場、百貨公司、夏日藝術節市集，凡有碗和杯子的，總要停下腳步。經過一個街角，無意間與陶瓷相遇，也要開門去看一看，摸一摸，感受造作者的質感與靈感。

在芝加哥買了一對杯子，割愛送了朋友。在舊金山遇見一只日製馬克杯，溫潤天青色，內斂有型，買下後，用了十幾年，直到如今。每一年，至少都買下一只碗，或一只杯子，可擺飾，可使用。

也不知為什麼，就是愛。一生摯愛。人問我想找什麼樣的對象？我想了一秒，說：「像這只杯子。」

深秋異境

午睡醒來，世界一片闃靜，好像進入冷酷異境。停電了？暖爐的燈不亮，是停電了。午後陣陣強風掃過，許是電線被吹垮了，或是吹倒的樹壓垮了什麼。往常街區上還能看到人走動，現在只有幾輛車駛過。天氣不算壞，除了風，太陽還是有的，軟弱而盡責地散出光芒。

給屋裡屋外的貓都供了晚飯，他們的耳朵那麼敏感，是否也察覺四圍變了？怎麼好像連鳥也不叫了？一切白噪音，黑噪音，煩繞心頭的噪音，一下子說不見就不見了。

人都去哪裡了？深秋，昨天剛過完萬聖節，即或二〇二〇已經夠恐怖了，這裡的節日仍一慣地充滿陽氣。落葉漸漸覆蓋草坪，有堆積之勢。門前有的樹葉已經枯萎，槎枒瘦岩岩，也有的葉子轉成豔紅，不久也要凋謝。

打開行動網路，寫 LINE 給友人，說這裡沒電沒暖氣，窗外望去似乎都這樣。友人說他那裡也是，許多區域皆如此。這樣說來，影響範圍確實不小。再向窗外望去，街區仍一片異常冷寂，城市都不像城市了，倒像僻靜鄉野，每棟房子都變作農舍似的。

房子裡住的都是清教徒，阿米許人（Amish）？這不，大家一時都成了阿米許人，沒有電燈、電視、電腦，沒有洗衣機、烘衣機、電冰箱。日出而作，日落而息。這是冬令時間，時鐘調慢了一小時，太陽看起來已經睏了。難道是到了要洗漱上床的時候了嗎？

風的面色愈發善惡難辨，不知要作妖作仙？打開衣櫃，拿出一件從布克兄弟買來的新外套，穿上。坐在窗邊沙發上，抓起一本書——《莫斯科紳士》。才翻頁，天倏忽暗了。大地正在逐漸失去光線。書是看不進了。

起身，劃擦火柴，點燃數盞蠟燭。廚房置三盞，客廳置兩盞，一盞留在沙發旁的茶几上。以為可以就燭而讀，像真的阿米許人一樣，原來並不容易。兩個多世紀來，此地的阿米許人就是這樣生活。

如果世界都走回到兩百年前，或者，人類都一直是阿米許人，是不是北極就不用冰崩成洋？是不是野火就不用任性燎原？是不是鯨豚就不用吞食塑膠垃圾？是不是動植物的界線就不用退縮再退縮，蝙蝠身上的病毒也不用傳播再傳播……

再取手電筒來，照在書上。書，一開張就好看極了。這時，貓跑到腳邊來蹦跳，他們把手電筒上下晃動的光，當作獵物了。就陪他們玩一會兒吧。又回到書上，紳士已然受了判決，搬到飯店的新房間。

書，看了十頁，發現貓不見了。微光暈襯的空間最適宜收藏他們綠幽幽的眼睛。用電光搜尋去，找到了一隻，另一隻喚也喚不來，想他們彼此正玩著來無影，去無蹤的遊戲吧。

夜頓時壓下來了，街區沒有一棟房子有光，全浸沉在或深或淺的暗黑裡。再起身，竟看見雪了。月光把雪送入窗內，天空正飄下小雪。十一月初雪，不如往年隆重華麗，只見漫不經心，缺乏充分準備。即或這樣，在萬籟默默無聲的窗前，仍覺有一句詩浮上來，是：

空裡流霜不覺飛，汀上白沙看不見。

靜美啊！張若虛一千三百年前的夜，不也是今晚的夜嗎？但，那年代連電燈是什麼，都還不知道呢。

是不是？

向哀傷靠近

下了一場似有若無的初雪之後，秋末的城市一時光明燦爛，如春如夏的迴光返照。白天氣溫在攝氏二十至二十六度之間。短袖短褲又換到身上，每個人都浸潤在風和日麗之下，說不出惆悵的語言。

車子駛進公路，天空淨朗，一片浮雲也沒有。筆直清暢的路，像被一大塊水藍色的海洋包圍著，所有車子都要俯衝入海似的。（幸好，一直沒有。）眼光拉近，所見兩旁樹木榮枯參差，像十二星座的順逆同時存在，像地上所有的幸與不幸一起發生。

秋色尚有餘彩，車子穿黃過紅，也收拾一路殘敗。只有皮膚被太陽的光線溫柔地暖烘著，那光好像剛突破曖昧期的情人的手，一遍又一遍熨燙著一顆淡淡哀傷的心。

哀傷或許也有好的，例如節氣立冬了，天還這樣暖，不由得讓人擔憂，地球真的病了，燒了。這也就哀傷起來，克約自己要節制，莫喧鬧縱樂，莫過度消費，莫濫用能源。

哀傷多半也有事由的，例如朋友寄養的貓突然不吃不喝不睡，正住在醫院裡。當初莫名地投下感情後，就知道要收牽腸掛肚的果子。嗚呼！幾乎每年都要收下各種多情傷感的果。

不愛了吧⁉卻也由不得，心總是軟的，像水做的，自然地流向後主的〈虞美人〉，擁抱易安的〈聲聲慢〉。連這身體也是軟的，吸收別人的情感而長大，也就渴望著流出，盼望著再流入。

哀傷和快樂之間，習慣地向哀傷靠近，即或不是一名命運多舛的詩人，抑或在這樣乾乾淨淨、清清白白的陽光和大海之中。

無盡

「蒹葭蒼蒼，白露為霜。所謂伊人，在水一方。」《詩・秦風》見眼前一人一槳板一片湖，心中冒然讀出詩經的句子。風獵獵，水波迤邐，隨之無聲似有聲地唱出瓊瑤，「我願順流而下，找尋她的蹤跡，卻見彷彿依稀，她在水中佇立。」

想想不對，水上的是個男子。

那麼，可以是這樣：「蘇子與客泛舟游於赤壁之下。清風徐來……水光接天。縱一葦之所如，淩萬頃之茫然。」

是的期盼著，那個五月午後，衷愛的一對客人來了。湖上搭設一水泥棧道，領他們走去，站在盡頭，像飛機滑行至此，三人可以立即踏水御風而上，遠颺於大塊虛空之中。

到底最具氣魄和生命意境的，還是周公的詩：

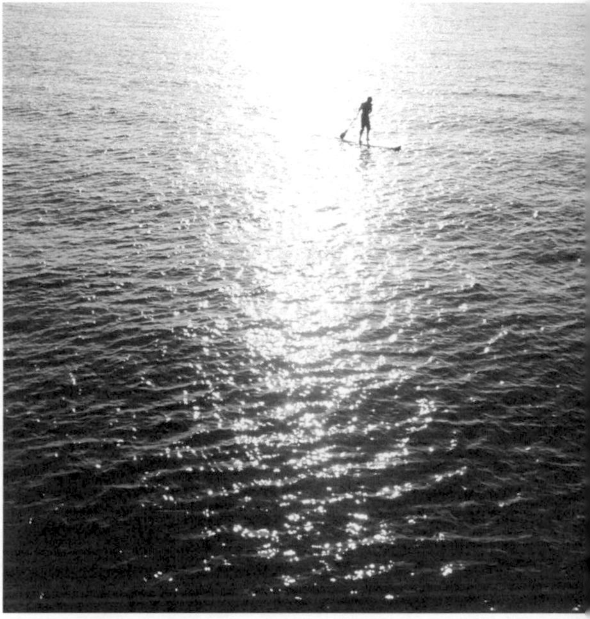

一人一槳於伊利湖上。（林煜幃攝影）

人在船上，船在水上，水在無盡上
無盡在，無盡在我剎那生滅的悲喜上

——周夢蝶〈擺渡船上〉

想念。

無事

雲似一塊厚氈，包裹北國大空。這冬日陰沉了好多天，人都變成了蜀犬，認不得太陽。醒來，打開手機，氣象說今日「晴時有雲」。晴?!果然過了十時，遲來的曙光還是來了，我幾乎想衝出去叫喊。

安靜自在。（達達．尚攝影）

正好寫完一篇稿，也有東西歸還圖書館，就領著車鑰匙出門。疫情時哪裡都不好去，連美術館都關了，幸好公路是開通的，還可以把風兜在車尾，一起去追日。這時人又成了冬日裡的夸父。

大地上，車不急不緩前進。突想起有十多個小時了，無任何人傳來任何短信。彷彿，被整個世界遺忘了似的，心頭無可牽掛的事，也無待回的工作。車內無論隨機流轉什麼音樂，人的呼吸都平靜安穩，有著半夢半醒的漫遊狀態。

日頭發出明麗光線，慷慨送給每條道路，及每棵禿瘦的高大樹木。葉落光了，才發現千千萬萬槎枝，沒有一枝是一模一樣的。每一枝都像每一個不同的人。這就感覺有好多人陪著我漫行在舒心的週三午後。

轉往大湖路，前頭停一輛神聖無上的黃色校車，有孩童下了車，嘻笑跑向親人身旁。縱然去國二十年，在此仍有一種異鄉感，好像空氣中一根逶迤不定的浮草。但是此刻，我有著這片太陽，有著這麼多善良的槎枝，還有著這樣被世人體貼而拋遺的時光啊。

今日心頭無事，我的心情那麼鬆，心靈卻那麼滿。我又鬆又滿，覺得自己是很富足的了。

無聲

春雨如油，潤物細無聲。

無聲，也許是自然界中最幽微、又最驚人的力量。一轉眼，新綠枝頭，楊柳迷濛。一轉眼，春走了，碧雲天，黃葉地，少年白頭，庭木生瘤。又一轉眼，可能土石鬆動，山崩泥流，毀形變體。

生滅成毀，多少時候，都在無聲中。

春雨中的周莊。

克里夫蘭藝術博物館二樓一側。

我在

走向光，聽見光的音聲。會說話的光，那便是攝影。在光中尋見光，與光對話，猶如神在，物在。我在。

晚禱

大疫三年，歲末在即，世界仍在發燒，體質虛弱。浮躁不安的空氣肆漫。不安是魔鬼的犬爪，搔弄人心軟弱，煽動人性貪慾，刺激權力爭鬥。（不安週而復始，一次次把人吞噬。）我們沒有忘記，天使長迷失自己，想要與神同等；天使是被傲慢豢養成了撒旦。

也沒有忘記，百年來最令人動容的一句演講辭：「謙卑、謙卑再謙卑。」（重要的事情說三遍。）人算什麼，在天外之天下；人算什麼，竟可藐視生命多元多樣，摧殘各按其時的美好次序，忽略天上之天有一個公義寶座。

我們錯了！請容我們有認錯、悔錯的機會。

我們將再次認清自己，滌洗自己的靈魂，把自己安置在謙卑之中。愛神所愛，求神所求，以萬物安和養成一片光明淨域。

慈憐的父，賜各樣安慰的神啊，請聽此禱。

後記　不斷迴旋的風

——有小說代入感的散文

友人・中國家電公司產品經理　樂清心

馮平說，T字形，橫為馬路，豎為巷子，橫豎的交點，便是巷口。

人的一生，都站在「巷口」上，面對無數的抉擇。但也有人只沿著「巷子」返回，安守著當下的寧靜和舒適。生活是網，只不過不同的人在這張網上走出了不同的曲線。

站在T形巷口，有三個方向，左邊，右邊，還有後面。三條不同的路，三種不同的人生。左轉那年，馮平十三歲。

十三歲，是思想獨立的年齡，青春萌動，什麼都敢想，什麼都敢做。人性的各面，都開始野蠻生長，稍有不慎，便墜入深淵。十三歲，也是一個需要引導的年齡。生於中國九〇後的我，曾與馮平相處一段時日，若是憑當時的瞭解，是斷然不可能想到小時候的馮平，竟是這樣有自主意識。也惟其如此，教會的福音才臨到了當時的少年，教會裡的歌聲和哥哥姐姐們，在少年馮平的心中埋下一顆種子，這種子生根，發芽，長成馮平一生的道路。

本書起於一隻看不見的手，帶他飛出巷口，身隨心動二十年，亦如風迴旋二十年。

風，無定，無形，隨心，隨性。從未見如馮平這樣獨愛風的人；對風的理解，我認識的人中，無人能出其右。他常將自己比作風，也曾著有風之三部曲。誰能抓住風呢？風，又有什麼心事呢？風一吹，便從三重埔吹到了美國。一吹，便是二十年的浮沉。二十年，從巷口吹來的風，早已有了味道。這味道層次豐富，這味道直擊心靈。

這本書雖是散文集，卻有著小說的代入感。我自幼是個不喜歡散文的人，並非對散文有偏見，只是覺得曲高，聽不懂這陽春白雪。散文如太空，混沌奧祕，仰望雖覺璀璨，然意不能及。但是，這段時間，我隨身帶著這本書，一有空便拿出來閱讀幾篇，竟然常有新的體悟，也突然意識到：這早已不是我曾經認知中的散文了。

我隨書中的思緒牽動，透過櫥窗遙望讓人嚮往的遠方，獨自行走穿梭在空蕩蕩的美術館，心緒不安地牽掛許久未來吃飯的皮皮，也騎著白馬載著娜娜聽她唱歌，思念、悲苦、同情、憤慨、喜樂……無數情感雜糅在我的臉上。彷彿真有那麼一瞬，我被拉進了書中——我也是這書裡的人！（是了，我也是從巷口走出的少年啊！）

看著書裡的人事物，走進馮平的心思意念裡，時空奇異重疊，於是我和馮平開玩笑說，這是我一生中為數不多能夠看進去的散文集啦。

馮平在書中將自己的心路旅程繪成一幅幅圖畫，這些圖畫串起了生命成長的河流，從三重埔的巷口流出，歷經二十餘載，奔流不息。讀這本書，彷彿也跟隨馮平一起，化作一陣風，從這巷口，上升，迴旋。

語言文學類　PG2922　秀文學56

巷口迴旋

作　　者／馮　平
責任編輯／陳彥儒
圖文排版／黃莉珊
封面設計／吳咏潔、黃珍瑋
書法題字／張偉俊

發 行 人／宋政坤
法律顧問／毛國樑　律師
出版發行／秀威資訊科技股份有限公司
114台北市內湖區瑞光路76巷65號1樓
電話：+886-2-2796-3638　傳真：+886-2-2796-1377
http://www.showwe.com.tw
劃撥帳號／19563868　戶名：秀威資訊科技股份有限公司
讀者服務信箱：service@showwe.com.tw
展售門市／國家書店（松江門市）
104台北市中山區松江路209號1樓
電話：+886-2-2518-0207　傳真：+886-2-2518-0778
網路訂購／秀威網路書店：https://store.showwe.tw
國家網路書店：https://www.govbooks.com.tw

2023年11月　BOD一版
定價：380元

讀者回函卡

國家圖書館出版品預行編目

巷口迴旋 / 馮平著. -- 臺北市 : 秀威資訊科技股份有限公司, 2023.11
面； 公分. -- (語言文學類)(秀文學 ; 56)
BOD版
ISBN 978-626-7346-30-3(平裝)

863.55 112016449